内親王の降嫁

内親王《ひめみこ》の降嫁《こうか》

和泉《いずみ》 桂《かつら》

ILLUSTRATION：葛西《かさい》リカコ

内親王の降嫁

LYNX ROMANCE

CONTENTS

内親王の降嫁

泣く涙　雨とふらなん——小野篁《おののたかむら》の歌を口ずさめば、雲行きの怪しいこの空から雨滴《あましだり》が零《こぼ》れてきそうな気持ちすら起きる。

烏帽子《えぼし》を被《かぶ》り、直衣《のうし》姿で騎馬する大納言《だいなごん》の藤原《ふじわらの》光則《みつのり》が悠然と歩を進めていると、馬の手綱を取る従者の一人が大きな欠伸《あくび》をした。

「すまぬな、さぞや眠かろう」

「いえ！」

労《ねぎら》いの言葉をかけると、水干《すいかん》を身につけた年若い下人は急いで背筋を伸ばし、背後の光則にも見えるようにはっきりと首を左右に振った。

「殿がこうして女子《おなご》のもとに通う元気が出て、ほっとしており……」

「これ」

もう一人に注意されて、彼は慌てて口を噤《つぐ》む。光則に仕え始めてまだ二年に満たない若者ゆえ、言っていいこととならぬことの区別がつきかねるのだろう。

「そなたたちの言うとおりだ。いつまでも家で燻《くすぶ》っていては、息子も浮かばれまい」

光則が微《かす》かに唇を歪《ゆが》めると、二人の下人は何も言えぬ様子で地面に視線を落とす。

冗談とは聞こえぬ、拗《す》ねたことを口走ってしまっただろうか。大人としてそれは配慮に欠けていたと思ったものの、供の二人が黙りこくってしまったので、逆に蒸し返せない空気だった。

光則が己の第一子を流行病《はやりやまい》で亡くしたのは、年が明けたばかりの頃《ころ》だ。女児ならば帝《みかど》の後宮に入れられるのでそちらが得策とわかっていたけれども、光則は幼くとも才気の片鱗《へんりん》を窺《うかが》わせる長男をことのほか可愛《かわい》がった。妻の忘れ形見だったせいもある。

ほかにも光則には娘が三人いたが、彼女たちの養育は里の母親に任せていた。

「それにしても、今宵《こよい》は格別に冷えるな」

「はい」

「明日は雪など降らねばよいが」

「もう春ですよ、殿。そろそろ桜も咲きましょう」

下人たちの口調がわずかに明るくなったので、光則はほっとする。

自らの重荷を彼らに押しつけたような気がして、今の沈黙を情けなく感じていただけに、雰囲気が和むのは有り難い。

すべてが虚《むな》しい。

美しい女人《にょにん》のもとに通うのも、政《まつりごと》での駆け引きに夢中になるのも。

今上《きんじょう》は源 実親《みなもとのさねちか》という頼もしい弟が補佐しているし、実親のおかげで特殊なありようだった光則自身の弟の去就も定まり、今や愁《うれ》いはない。

いっそこのまま頭を丸め、仏門にでも入ったほうが心が満たされるのではないか。

またため息をついたのが聞こえたらしく、下人の背中に微かな緊張が籠もる。

これがいけないのだとわかっているが、家族を亡くして陽気になれというのが酷なのだから仕方があるまい。

不意に前方で何か動いたように思え、光則は視線をそちらへ向ける。

何か、ではない。

草履《ぞうり》を履いた誰かの足音と、ひらひらと踊るように見える衣。

「ひっ」

それに気づいた下人が小さく声を上げて足を止めたため、馬がぶるっと身を震わせた。

「あれはいったい……」

「静かに」

光則は声を潜めた。

「ですが、このような時間に歩き回るのは盗賊か物《もの》の怪《け》か……」

前方から薄い単衣《ひとえ》を頭から被って、ひたひたと音もなく歩いてくる者がいる。

衣被《きぬかず》きしている単衣の色柄と背丈からいって、若い娘のようだ。

しかし、こんな夜更けに良家の子女が漫《そぞ》ろ歩きをするだろうか。

何か曰《いわ》くでもあるのではないか。

——と。

とん、と彼女が橋の欄干に軽やかに飛び乗った。

「！」

女物の袴《はかま》の裾から覗《のぞ》く白い素足が、妙に目につく。

絵師であれば一幅描けそうな見事さだが、斯様《かよう》な曲芸は貴族の息女がすべきことではない。

下品なだけの行為のはずなのに、見惚《みほ》れてしまうのはなぜなのか。

ただ、彼女の纏《まと》う着物は庶民には到底手に入り得ぬ、高価なものであるのはわかる。

となれば、あやかしか……⁉

躰《からだ》を強張《こわば》らせる光則一行に気づいたらしく、相手は不意に歩を緩め、忽然《こつぜん》と姿を消した。

「うわあっ！」

「消えたぞ⁉」

従者たちはいっそう震え上がり、手に手を取ってあからさまに怯《おび》えている。

「そう焦るな。飛び降りただけだ、ほら」

女人が消え失《う》せた場所はなだらかな土手で、そこから河原へ下りられる。

耳を澄ますと仄《ほの》かに水を蹴る足音が聞こえ、徐々に遠のいていく。

音を立てるならば幽霊ではないはずだが、いったい何者なのか。

不思議に思いつつも、光則は下人たちを促して先を急いだ。

一、桜

見わたせば　柳桜をこきまぜて
宮こぞ春の錦《にしき》なりける

素性法師《そせいほうし》

時は五条帝《ごじょうてい》の御代《みよ》。

大和《やまと》の国ではもう何百年も大きな戦乱はなく、太平の世が続く。

藤原《ふじわら》氏をはじめとした貴族たちは、我が世の春とばかりにそれぞれの華やかな人生を謳歌《おうか》していた。

折しも春、都のあちこちでは桜の蕾《つぼみ》が綻んでいる。

「それでは次の議題ですが……」

進行役がのんびりとした口調で話し続ける間延びした声が、桜の季節のうららかな陽射《ひざ》しと相まって、眠気を催す。

そうでなくとも貴族の朝は早く、鶏《にわとり》が鳴きだす前に出仕しなくてはいけないため、昼過ぎには睡魔との戦いになるのが常だ。

それでも藤原光則《ふじわらのみつのり》が生来の真面目さで姿勢を正して話を聞いていると、二、三人先にいる人物が檜《ひ》扇《おうぎ》で口を隠して生欠伸《なまあくび》をしているのが見えた。

先ほどから一際眠そうな素振りの源実親《みなもとのさねちか》は、光則にとっては競争相手かつ義理の弟にあたる人物だ。

とはいえ、世間から見ればかつて義弟であった、という形容が正しい。なぜなら、実親は光則の妹である狭霧《さぎり》を娶《めと》ったからだ。

何事においても堅物すぎる自分には、軽やかさが足りない。当代きっての貴公子と噂《うわさ》される実親とは何かと比べられ、「惜しいのだけど」と評されつつも負けてしまう理由は、そのあたりなのかもしれない。

尤《もっと》も、光則は従二位《じゅにい》、若くして大納言の役職に就き、周囲には順風満帆と思われているはずだ。

三十歳目前で大納言ならば順調な出世ぶりで、いずれは右大臣、左大臣と位を究めるであろうことは明白だった。光則の昇進は父である左大臣藤原正光《ふじわらのまさみつ》の威光が大きいが、かといって、ただの七光りのつもりはない。事実、当代の上達部《かんだちめ》の中でも人一倍優れた才能を持っているのは、皆が知るところだった。生憎《あいにく》愛息子を亡くしたばかりではあるものの、将来は姫御前《ひめごぜん》を入内《じゅだい》させて閨閥《けいばつ》を盤石にするだろうと目されていた。

「何かね、まだあるのかね」

さも面倒くさそうに、参加者の一人が発する。

今日の会合は、参議以上の公卿《くぎょう》たちを集めて開かれる会議――陣定《じんのさだめ》である。

帝の出席なさる会議では、あまりにも些細《ささい》な議題までお聞かせするわけにはいかない。また、貴族同士で利害が対立することも多いため、本番前にあらかじめ調整しておいたほうがお互いに都合がいい場合もある。

そうした経緯で、いつしか帝が出席しない会議では参議の手で異論も並記した奏文《そうぶん》が取りまとめられ、それが蔵人《くろうど》を通じて主上《しゅじょう》と摂政《せっしょう》、関白《かんぱく》に奏聞《そうもん》されて決裁を受けるようになった。

陣定は、帝の住処《すみか》でもある内裏《だいり》でも紫宸殿《ししんでん》と宣耀殿《せんようでん》を繋《つな》ぐ、紫宸殿の東北廊南面に設けられた陣座《じんのざ》で開催される。もともとは内裏の警護にあたる官人たちの詰め所だったが、次第に公卿の控所に変わり、今やここが論奏審議の行われる場所になった。

陣では十数名の公卿たちが向かい合って腰を下ろし、二列に座している。

帝から直々の勅許《ちょっきょ》を賜れば、参内《さんだい》自体は正装である束帯《そくたい》よりはかなり簡素な冠直衣《かんむりのうし》でもかまわないが、やはりこうした会議には相応《ふさわ》しくない。皆、束帯よりやや略式な正装である衣冠《いかん》を身につけていた。

議題は様々であったが、寺への寄進や受領《ずりょう》の補任《ぶにん》などの話題が中心で、光則にはさして興味のない内容ばかりだった。

貴族にもそれなりに競争関係はあるが、近頃では目立った政争はない。

何よりも先例が重視される貴族社会では、会議において議題が過去には如何《いか》に処理されたかが判断の基準になる。時には自分の祖父の日記などを引っ張り出してきたり、その記録の一単語を解釈するのに時間を費やしたりと、このうえなく無駄だ。

先例の解釈など、どうでもよいではないか。大切なのは、これから先の政をどのように運営するかだ。

しかし、仮に光則がそう発言したとしても、それに賛同してくれる覇気のある人物は、おそらく実親くらいしかいないだろう。

「今日は議題が多いですな」

貴族の一人が口を開く。

視線に気づいた実親はいつものように余裕に満ちた貴公子然という態度で、光則に微かに目配せをした。彼もまた、こうした益のない会議にうんざりしているのだろう。

だが、世の中がそこまで暢気《のんき》なわけではない。

地方の行政を受け持つ国の役人の中でも、現地に出向いて収税を行う『国司《こくし》』を、特に『受領』と呼ぶ。現状では受領たちが過酷な収税で私腹を肥やしているため、農民の生活は厳しい。

受領たちが蓄えた収益は直接には国家や貴族を潤さないとはいえ、連中は抜かりがない。あらかじめ大貴族に賄賂を贈り、自分たちの立場が不利にならぬように取りはからっている。都の貴族たちは受領のように徴税する才覚がないので、目端の利く者を国司に任命して謝礼を得るという共存関係を作っていた。

おかげで貧富の差は大きくなる一方で、いずれは不満が暴発するのではないかと、光則はこの国の先行きを案じていた。

そのうえ、ここに来て、厄介なことが都でも持ち上がりつつあった。

夜盗騒ぎである。

しかもただの夜盗ではなく、権力者にとっては目の上のたんこぶとも言うべき、義賊を気取る不逞《ふてい》の輩《やから》だった。

「大納言殿は浮かない顔ですな。如何《いかが》なさいましたか？」

思わぬ指摘に苦笑を浮かべ、檜扇を閉じた光則は、軽く目礼してから優雅に口を開いた。

「私は近頃の都における治安の乱れを危惧しており、それがいつ議題に上るのかと考えておりました」

いささか強い口調で断じると、一同が「はて」などと間の抜けた相槌《あいづち》を打つ。

「何のことやら、ですなあ」

「生憎、下々の件には疎くての」

議題に上がらない話題をあえて口に出していいか迷ったものの、先だって襲われたのは貴族の屋敷である。放っておけば帝の威信にもかかわるのに、皆はまるで気に留めていない様子だった。

いや、それとも、面倒を持ち込まれるのが嫌で黙っているのかもしれない。

「既に皆様のお耳にも入っているはずです。あの夜盗ですよ」

「十六夜《いざよい》とやらですか」

のっぺりとした顔の権中納言《ごんちゅうなごん》が言うのに、光則は「はい」と同意した。

ここ数年、都では多くの盗人《ぬすびと》が跋扈《ばっこ》していた。彼らには様々なあだ名がつけられているが、中でも三月ほど前に突如として現れた、『十六夜』なる首領が率いる一味はひと味違っていた。

十六夜とは十五夜の翌日の月を指し、特に中秋の名月の翌日を意味する。

十六夜は主に貴族や受領の屋敷に忍び込み、価値のある品々を盗む。そこまではほかの盗人と変わらないが、自分の利益のためにだけは働かないのが、十六夜の最大の特徴だった。

盗みの翌朝になると、貧しい人々の家にはいくばくかの金品が届けられているのだ。どうやら十六夜は、盗んだ品を処分する道を確保しているらしい。十六夜を捕まえるにはそこを押さえればいいのだが、今の検非違使《けびいし》にその才覚はないらしく、古物屋に話を聞いても否定されてしまうそうだ。

ちなみに検非違使は都の治安を司《つかさど》り、追捕《ついぶ》、訴訟、行刑までも職掌とし、強大な権限を所持している警察組織だが、なぜか十六夜に対しては対策が後手に回ってしまっている。

十六夜は決して貧民を狙わず、あくどい金儲《もう》けを目論《もくろ》む連中だけを標的にしている。そのうえ、盗みの成果を庶民に惜しみなく分け与えるのだから、世間には十六夜を支持する者も少なくはない。

おかげで、どんなに検非違使たちが調べても、庶民は殆《ほとん》ど協力しないのだ。貝のように口を閉ざした民は厄介で、ある意味では十六夜の一味と同義といえよう。

検非違使の捜査は行き詰まり、完全に暗礁に乗り上げていると耳にしていた。

「都の守護は検非違使の仕事。別当《べっとう》の中納言藤原《ふじわらの》直道《ただみち》殿のお話を伺いたいのですが、まだお加減は優れないのでしょうか」

発言をしたのは、正三位《しょうさんみ》の中納言である実親だった。

麗しい顔立ちの貴公子は、躰から自然とよい香りが漂う『薫衣《くぬえ》の君』の異名を持つ。深甚《しんじん》な気質を示す切れ長の瞳は時に鋭い光を湛《たた》え、鼻筋と薄い唇が印象に残る。なよなよとした風情は微塵《みじん》もなかったが、鬼神をも寄せつけぬ実親の美貌はあやかしのようだと評されていた。

まさに輝かんばかりの麗容の持ち主であり、光則にとっても因縁浅からぬ相手だ。

右大臣家が後ろ盾の彼は、最近では政務にも辣腕《らつわん》を振るい、異母兄である今上からも頼りにされている。

「――そのことなのだが」

言いづらそうにおずおずと口を開いたのは、父である正光だ。正光は見るからに気が進まない様子で、何が父の心を重くするのかと光則は訝《いぶか》ってしまう。

「主上はかねてより療養している中納言に代わり、検非違使別当を新たに任ぜよと仰せだ」

検非違使を束ねる長官《かみ》である検非違使別当は、苦労の多い割には益の少ない役職だ。

そのうえ、斯様な時期に検非違使別当になるのは、盗賊討伐という迷惑な任務を押しつけられるのを意味している。

正光の口ぶりからも、それが今上の意思にほかならないのは透けて見えていたので、誰がその貧乏くじを引くのかとざわめくのは無理もない。

「それはどなたなのですか、左府《さふ》殿」

右府《うふ》――右大臣の問いかけに対して、正光は気乗りしない面持ちで答えた。

「大納言の藤原光則に兼帯《けんたい》せよと」

唐突に名指しされ、光則に一斉に視線が集まった。

「それはまた……」

想定外の命令に、光則は絶句する。見事な塗りの檜扇を握り締める手に、ぎゅっと力が籠もった。

つまり大納言の地位のままで検非違使別当の座を兼ねよとの命だが、まず聞いた例《ためし》がない。そもそも役所において実務は殆ど副官が行うので、長官の座は中納言あたりに与えられる名誉職だ。

そこに光則が指名されたのだから、貴族たちがざわめくのも道理だろう。

政とは、根回しと調整、面倒な駆け引きの積み重ねの結実にほかならない。

現在の帝は気が強く、癇性《かんしょう》で人望が厚いとはいえなかった。おかげで異母弟で臣下になった実親とは折り合いが悪かったが、ひょんなことから実親と和解し、かなり角《かど》が取れたと評判だ。

帝と実親が不仲な時代は、主上の嫉妬心につけ込むかたちで貴族の意思をそれなりに通せた。

今は帝と実親ががっちり手を組んで腐敗へ目を光らせているため、貴族の専横など難しい話だ。

とはいえ、上が如何に優秀であろうとも、手足となる下々の心を摑《つか》んでいなければ動きようがない。

つまり、貴族たちなしでは政治は立ちゆかないので、帝といえども貴族は無視し得ない。

貴族を立てつつ政治を行ううえで、帝は正光に今回の夜盗の件を相談したのだろう。

帝は都を騒がし自身の威信を傷つける盗人を捕らえたいと思っているし、正光もそれは同様だ。

十六夜などという不埒《ふらち》な輩の捕縛に失敗すれば汚点になるが、成功すれば実親に大きく差をつけられる。

「中納言のご病気も、そこまで重篤とは聞いておりませぬが」

釈然としないらしく、貴族の一人がそう尋ねる。

父の表情を見ていると、どうして彼がこの役目を光則に振ったか何となくわかるようだった。

彼は、立ち直れと言いたいのだ。

愛《いと》しい長男を失った悲しみから脱却し、次の一歩を進むべきだと。

それゆえに光則に重大な役割を委ねるよう、帝に進言した可能性もある。

実際に現場に出向くのは部下の検非違使たちだから、光則には表立って危険がないとの判断だろう。過保護で小心な父親の考えそうな話だと、光則は心中でため息をつく。

ここで嫌だと拒絶すれば、光則の今後の出世の道は絶たれるといってもよい。

最早《もはや》、出世などどうでもいいが、これまで自分を育ててくれた父の期待に背くのも、親不孝といえよう。

「これは十六夜捕縛のための一時的な処遇だ。解決すれば、別当の座は直道殿に戻る。今上は都の平安を望んでおられる。それには、より有効な手を打ちたいと仰せだ。大納言は如何であろうか」

「無論、謹んでお受けいたします」

その場に、ほっとしたような空気が広がった。

そういえば、朝議《ちょうぎ》のあとに帝からお召しがあったと、光則は今更のように思い出す。今朝方はまた御《ぎょ》製《せい》でも披露されるのだろうと軽く思っていたが、たぶん、別当の件に念を押されるのだろう。

第一、父も父だ。正光が根回しをしておいてくれれば話は早いのに、いきなり陣定で話されるとは。

おそらく彼も悩んでいたのだろうが、光則が拒むのを恐れて言い出さなかったとも考えられる。けれども、いくら光則が若手とはいえ、こうして帝の意向だと満座で言われてしまえば拒絶はできない。

やがて陣定が終わり、貴族たちと言葉を交わしていた光則は、蔵人に主上がお呼びだと声をかけられた。

帝が昼を過ごす昼御座《ひのおまし》は、台や床子《しょうじ》を使わずに床に敷いた畳の上に腰を下ろす。日中は帝はここに座し、政務を執り行う。

ちなみに帝の寝所は夜御座《よのおまし》というが、そこは頭上に三種の神器が置かれているので、后《きさき》を呼んで房事を営む際は、別の場所で共寝《ともね》するならいだった。

「光則でございます」

御簾《みす》の向こうに声をかけると、とんとんと忙《せわ》しなく笏《しゃく》で床を叩《たた》いていた手がぴたりと止まった。

「よく来たな」

今度は落ち着かない様子で笏を弄《いじ》りだしたのが、御簾越しに見える。

「今上のお召しとあらば」

「頼もしい言葉だな。——ところで光則、此度《こたび》は、よくぞ検非違使別当の任を受けてくれたな。礼を言おう」

蔵人から、既に陣定について伝わっているようだ。

「私を信頼してくださっての主命であろうと、感激に身の震える思いでした。私とて、帝のお膝元である都の治安を乱す輩を、快くは思えません」

貴族による捜査などたかが知れている。帝とて、端《はな》から光則が上手《うま》くことを成し遂げるなどとは考えていないだろう。

「うむ。補佐に実親をつけようと思う。そなたの力があれば無用の気遣いであろうが、都の治安のために互いに協力し合うがよい」

実親という名前を出された瞬間、ちりっと胸の奥で燃える何かがあった。

「——恐れながら、主上」

その場に両手を突き、身を倒した光則は口を開く。

「何だ？」

「実親殿は、中納言としての仕事にまだ慣れてはおりません。彼に補佐を頼んでは、かえって煩わせてしまうというもの。できる限り、独力でやり遂げたいと思います」

確かに難題ではある。

しかし、討伐を命じられたのが実親であればどうだろう？　彼ならば、誰もが手を焼く十六夜さえも、あっさり捕縛してしまうかもしれない。

それならば、こちらが現場に出て解決してやろうではないか。

無茶《むちゃ》でも無理でも、今ならば何でもできる気がする。

光則が守るべきものは、もう何もないのだ。

美しくか弱い狭霧も、愛くるしく利発な息子も。

地位も名誉も、何一つ。

何もかも失ったままでこうして帝にまで案じられ、焚《た》きつけられる自分の惨めさに、光則は漸《ようや》く発憤した。

要は、自尊心に火が点《つ》いたのだ。

「よくぞ言ってくれた！」

帝は晴れやかに告げる。

「そなたを信じる私の目が曇っているのではないかと、不安に駆られていたのだ。私の思いに応えてくれて嬉《うれ》しいぞ、光則」

「有り難き幸せに存じます」

自身に対する帝の信任が厚いというのは、自惚《うぬぼ》れではなく、意外にも光則と帝は馬が合った。

難儀な人だと思うときはあっても、光則は彼の鬱《うっ》屈《くっ》した気質が嫌いではなかった。

何よりも、帝は自分が凡庸であると自覚を持っている。己の欠点を認め、国政には他者の協力が必須だと痛感しているからこそ、彼の政に独善はない。

あとは世の乱れが起きなければいいが、それ以上は過分な望みだろう。

「こうして世が乱れれば、困るのは民だ。頼んだぞ」

「お任せください。この光則、主上のご期待に応えるべく、全身全霊でもって任にあたりましょう」

うむ、と相槌を打ち、帝は至極満足そうな顔になった。

それから暫《しばら》くは、帝は寺社再建のことなどとりとめもない話題ばかり口にする。光則は退出したかったが、帝は歳《とし》の近い光則を好んで話し相手に所望しているのだろう。

「……そういえば、そなた、奥方を亡くしてそろそろ一年だったな」

唐突に妻の話に触れられ、帝もよく覚えているものだと感心させられる。

「はい」

政略結婚で娶った妻だが、不足はなかった。今でも通う女は何人かいるものの、妻帯は考えていなかった。

「忘れ形見の息子を失い、さぞや淋《さび》しかろう。新しい妻を娶っても、よい頃合いではないか？」

「え……ああ、当分はよいのです。私は」

光則が歯切れ悪く答えると、今上は怪訝《けげん》な顔になった。

「なぜだ。そなたも薫衣の君と同じで、恋に身をやつすのが好きなのであろう？」

「嫌いと申し上げることはできませんが……」

さすがに昼間から色恋について談議するのは憚《はばか》られ、光則はごほんと咳《せき》払いをする。

それに、光則自身はそうした戯れに飽きかけていた。

これと思った女に文《ふみ》を送る。色よい返事が来れば、また文を送り……そうして胸を膨らませて女と寝てみると、それまでの高揚感がふっと消えてしまう。

今となっては、どの女も平凡だった。亡き妻が才気煥発《かんぱつ》で、数々の歌を残した名高い才女だったせいもある。彼女に比べると、どんな姫も色褪《あ》せて見えるのだ。

よく考えてみれば、これまでの色恋の大半は、貴公子として浮き名を流す実親への対抗心の結実だったのかもしれない。

このあいだも久方ぶりに若い女のもとへ行くつもりだったが、道中で被衣《かずき》の妙な女人に行き合ってその気が失せ、結局引き返したのだ。

「そうか……」

なぜだろう。帝が曖昧に言葉を濁したので、ちりちりと首の後ろが焼けるような、そんな落ち着かない気分になった。

もしや、帝には何か思惑があるのではないか。

「大切にしていた妹御も亡くし、そなたも家族とは縁遠いのではないかと案じているのだ」

「主上のお心を煩わせるなど、光則の不覚にございます」

帝の本心を探りつつも、光則は慎重に答える。

「会ったこともないが、狭霧姫を未《いま》だに夢に見るのだ。顔も知らぬというのにな」

「おと…妹もさぞや喜んでおりましょう」

危うく弟と発しかけ、光則は自分の掌《てのひら》に強く爪を立てた。

そう、実親に嫁入りした狭霧は、じつは妹ではなく弟なのだ。

父の正光が右大臣に対抗し、誕生したばかりの狭霧を姫だったと偽ったのがことの発端だ。どのみちあとから姫が生まれればそちらとすり替えようと思ったようだが、正光はあちこちの姫に手をつけたものの男児ばかりに恵まれ、狭霧が男であると訂正する機会はなくなってしまった。

そのうえ、狭霧は絶世の美女との噂が一人歩きしてしまい、帝は彼女を後宮に迎えたいと言ってきた。

だが、男の狭霧を入内させるわけにもいかず、かといって、真実を告げれば帝の気性では烈火のように怒り、家は取り潰されかねない。そこで悩んでいたところに実親が狭霧に夜這《よば》いし、男と知って妻にしたいと名乗り出た。左大臣家にとっては渡りに船で、早急に婚儀を進めたが、それが帝の怒りを買い、実親は須磨《すま》に配流されてしまったのだ。

狭霧の嘆きを知った光則は、そこで腹を決めた。世間的には狭霧が死んだと公表したうえで、実親のもとに送り出したのだ。幸い、帝は実親を許して京に呼び戻し、実親は『亡き妻によく似た少年』である狭霧を引き取り、以後、二人は幸せに暮らしている。

とはいえ、周囲を欺いた罪深い嘘《うそ》が、未だに光則の心の中に苦いものとして残っていた。

藪蛇《やぶへび》になって断り切れない難題を言い出されそうで先を促せないものの、帝の今の態度は、何か聞いてほしくて誘いをかけているようだ。

ここは、退室するに限る。

「では、これにて失礼してもよろしいでしょうか」

「もう？」

「長男の回向《えこう》の件で、寺に向かわねばなりません」

「おお、そうか。それは引き留めて悪かったな」

丁重に頭を下げた光則は、帝の前から辞した。

さすがに長男の話を持ち出すと、帝はそれ以上深追いしなかった。

こうして大内裏を退出する頃には、既に陽は高くなっていた。

光則は歩きながら、これからどう十六夜に立ち向かうかを頭の中で考える。

検非違使庁別当の辞令は、二、三日で出るだろう。

まずは着任してから、新たな部下たちを面接し、今回の任務に向いていそうな人物を選ぶ。すべての人間を十六夜の討伐に割けば、ほかの任務が疎《おろそ》かになりかねず、結局は都の治安をより乱す可能性もあり、それでは十六夜の思うつぼだ。

口許《くちもと》を引き締めた光則は浅沓《あさぐつ》で砂利を踏みしめ、下人と牛車《ぎっしゃ》が待つであろう門へと向けて歩を進めた。

それから数日経《た》った。

正式に検非違使別当に任じられるのは翌日と決まり、光則は忙しく過ごしていた。

内裏でひととおりの仕事を終えたところで、先日入内した従妹《いとこ》の藤壺《ふじつぼ》がご機嫌伺いに来いとせっついていたのを思い出す。

いずれ幼い娘を入内させるのであれば、頼るべきは藤壺の局《つぼね》だと思っていたため、それなりに繋がりを保っておいたほうがいい。

光則は後宮に足を向けた。

後宮に近づくにつれ、危なげな箏《そう》の演奏が聞こえるのは、いったいどの局からであろうか。つっかえつっかえの音の調子がかえって愛らしい。

亡き妻は才女ではあったが、演奏はひどく不得手だった。それを思い返すと微かに笑みが零れ、そして、いつしか妻のことを笑って思い出せるようになっている自分自身に動揺してしまう。

――だめだ。

今は少しでも、楽しい顔をしなくてはならぬ。

内裏には多くの建物が建ち並び、中心は帝の生活する清涼殿《せいりょうでん》と、後宮を構成する七つの殿と五つの舎だった。それぞれの建物は渡殿《わたどの》や打橋《うちはし》で繋がれ、簡単に行き来できるように設計されている。

藤壺に向かう途中、光則は渡殿を歩く実親に目を留めた。追い越す必要もないので背後を進んでいると、振り返らずに「光則様」と実親がいきなり話しかけてきた。

ぎょっとした光則が思わず足を止めると、悠然と振り向いた実親は口許に薄い笑みを浮かべ、檜扇を手に優雅に会釈する。

「そなた、後ろにも目があるのか？」

「いえ、あなたがいらしたことくらい、女房たちの会話を聞いていればすぐにわかりますよ」

実親がわずかに開いた檜扇を動かすだけで、薫衣の君の名に相応しく、甘い香りがふわりと漂う。

御簾の向こうでは、女房たちが鈴なりになって二人のやり取りを見守っているらしく、彼女たちのさざめきが密《ひそ》やかに耳を打つ。

「光則様に実親様、本当に麗しいお二人ですわ」

そんな声が鼓膜を擽《くすぐ》り、光則は苦笑する。

何気なく歩いているように見えて、実親は左右から広がる漣《さざなみ》の如《ごと》き声まで拾っていたのだ。まったくもって、油断のならぬ男だった。

「面白みもない黒衣でさえも、あのお二人が身につけると錦に変わるようですこと」

さすがにそれは言いすぎだろうと、光則も照れくさくなってきた。

「光則様はこれからは検非違使のお仕事もなさるのでしょう？　お得意の弓をつがえるお姿など、さぞや凜々《りり》しいのでしょうね」

「ああ、一度でいいから見てみたいわ！」

後宮の住人は基本的に外の世界との出入りができず、下界と接点を持つのは宿下がりのときくらいだ。女房たちは刺激に飢えており、外の話題を欲している。彼女たちが二人の会話に耳をそばだてるのも、ある種の必然といえた。

ここでは男は常に値踏みされ、見張られている。

束帯は誰が纏っても変わり映えしないが、直衣姿ともなれば何か気の利いた色合わせを選ばなくては、襲《かさね》の色味の趣味が悪い、老人じみている、はたまた若すぎて浮ついているなどと意地悪な批評をされるのだろう。

「そなた、今はどちらへ？」

「妹のところです」

「ああ、梨壺《なしつぼ》の女御《にょうご》か」

「はい」

臣籍に降下し右大臣家に育てられた実親は、三の姫を妹同然に可愛がっていた。常日頃から細やかに気にかけており、惚れた女官でもいるのかと心配になる。実親が女で失敗しようと光則の知ったことではないが、彼の伴侶が泣くのを見たくはない。

なんといっても、実親に嫁いだ狭霧は大事な弟なのだ。

「熱心だな」

「ほかの局に用事などありませんよ。私は亡妻《ぼうさい》に貞節を誓っていますゆえ」

その言葉を聞いた光則は、小さく咳払いをする。

「じつは、そなたに折り入って相談したいのだが、ここでは些《いささ》か問題だな」

ひそりと声を落とすと、実親は合点が行った様子だ。そのうえ、声を潜めたせいで周囲の女房たちはかえって興味を持ったらしく、焦《じ》れた様子が御簾の向こうの空気で伝わってくる。

これでは、秘密も何もあったものではない。

「多かる野辺《のべ》は、花を愛《め》でるところですから」

微笑を浮かべた実親の言葉に、周囲の女性たちが「まあ」と言葉を失う。

女郎花《をみなえし》おほかる野べに宿りせば
あやなくあだの名をやたちなん
実親は有名な歌を匂わせ、後宮の女人たちを女郎花のような美しい人々とそつなく持ち上げたのだ。

「そのとおりだ」

「では、今宵、我が家へいらしていただけませんか」

確かに光則が実親を招くよりは、目立たないだろう。光則の家は都でも鄙《ひな》として知られる地域で、周辺に住む者もいるかどうか。

「──わかった」

光則は頷《うなず》き、実親と別れて藤壺に向かう。彼女は単なる従妹に過ぎないが、暇を持て余しているらしく、しょっちゅう光則を呼びつけるのだ。

藤壺は飛香舎《ひぎょうしゃ》というのが正式な名称で、南面の中庭に藤を植えたことから藤壺と名づけられた。

帝は夜ごとに女御を清涼殿の夜御殿《よるのおとど》に呼び寄せるので、より清涼殿に近い殿舎こそが格が高く、そちらに住まう女御が帝の寵愛《ちょうあい》を賜る証《あかし》になった。

従って従妹の藤壺の女御は、それなりにあの帝に愛されているのだろう。

ちなみに帝の中宮《ちゅうぐう》――正妃は弘徽殿《こきでん》の女御と呼ばれている。多くの子をなすのが命題の帝のために様々な女御が入内しているが、弘徽殿の女御だけは不変の寵愛を受けていた。

「よくいらしてくださいました、光則兄様」

気心の知れた間柄とはいえ、高貴な女性の顔を直接見るのは厳禁だ。御簾越しに向き合った光則は、藤壺の女御に向けて微笑《ほほえ》む。

女御が身につける小袿《こうちき》は藤の花が刺繡《ししゅう》されているようで、この局にぴったりの華やかさだ。

「女御も元気そうで何よりですね」

「あら。随分とまた他人行儀ですのね」

女御が拗ねて膨れる気配がしたが、帝の可愛がっている女御とあまり親しくはできない。従妹どころか、異母であれば姉妹とでも結婚できるので、周りに勘繰《かんぐ》られては困る。

「そうおっしゃいますな。私はあくまで今上の臣下の一人に過ぎません」

「大人の世界は面倒ですこと。私にとって、あなたはいつもお兄様なのに」

彼女は小さなため息をつき、それから身を乗り出してきた。

「じつは私たち、最近、怪談話に凝っているの。お兄様なら、怖い話の一つもご存じでしょう？　何か教えてくださらない？」

買いかぶりだと光則は怪訝に思ったが、期待されると何かを話さぬわけにはいかない。

「怖い話……か」

口籠もり、光則は考え込む。こうして年を経るうちに、物の怪などよりも生きている人間のほうがよほど恐ろしいとわかったが、それくらい、後宮で勢力争いを繰り広げる年若い姫君も身に染みているだろう。ならば、人間同士の醜い感情が一番薄気味悪いなどという現実を突きつける必要はない。

「――随分昔の話です。私は父と共に、さる高貴なお方のお屋敷に初めて向かいました」

「ええ」

どんな話になるのかと、女御の口ぶりは少し硬い。

内裏からの帰り道だが、公式の行事ではなかったので父と光則は衣冠姿だった。

「その屋敷で幼い姫君が暮らしていると伺っていたので、姫に差し上げようと、鞠《まり》を持っていきました」

当時の光則たちは内裏にほど近い便利な場所に住んでいたが、目的地は家から牛車に乗ってだいぶかかった印象だった。到着した屋敷の周りは荒れ野で、都の中なのに薄気味が悪いと感じたのを覚えている。

今ならば気の利いた歌でも添えるが、どうせ相手は女の童《めわらわ》だ。

せめて姫に直《じか》に鞠を渡したいと思ったものの、探してみても彼女は見つからないし、渡せるような家人も見当たらない。

父は女主人と内密に話し込んでいるらしく、なかなか用事が終わらなかった。退屈になった光則は抜け出し、鞠を持ったまま庭を散策していた。

そのときだ。

突然、前栽《せんざい》の狭間《はざま》から幼子が飛び出してきたのだ。

これが目当ての人物だろうか？

「そなたは？」

しかし、期待に反して相手は姫ではなく、つやつやした黒髪を角髪《みずら》に結った男児だった。角髪とは髪を中央から左右に均等に分け、それぞれの房を輪のように丸く結んで耳のあたりに垂らすもので、上級貴族の男児の髪形である。

……なんという、可愛らしいお子なのだろう。

みずら結ひたまへる面《つら》つき、顔のにほひ、様かへたまはむこと惜しげなり――とは彼《か》の光源氏《ひかるげんじ》の幼い頃の描写であるが、それを思い出すほどの愛くるしさだった。

大きな目はぱっちりとしていて、睫毛《まつげ》が長い。艶を含んだように赤い唇が妙に蠱惑《こわく》的で、白い膚《はだ》は今にも透けそうだ。裸足《はだし》に身につけているのは半尻《はんじり》で、同じ狩衣《かりぎぬ》であっても大人のものより後ろ身が短い子供用の衣である。麗しい男児は、にこりともせずに光則を見やった。

「何だ、それは」

言いながら白いぷにっとした手が差し出されたので、思わず手を伸ばす。やわらかい指先に触れた途端に、ぱしんと叩かれて、光則は顔をしかめた。

「それ」

「え？　ああ、鞠ですか？　それが何か」

「初めて、見た」

「鞠を？」

「うん」

さすがに驚きを覚えて、光則は男児をまじまじと見つめてしまう。

「では、差し上げましょう」

この家の子にあげるのであれば、男でも女でも大差ないだろう。

「よいのか？」

「うむ」

男児はそれを受け取ったが、ややあって首を傾《かし》げた。

「これは丸くて、ころころ転がって……どうやって遊べばよいのかわからぬ」

途方に暮れた様子の男児は、鞠をきゅっと抱き締める。彼がひどく小柄なせいで、白い鞠がやけに大きく見えた。

そして、それがとても愛らしくて、妙に胸が騒いだ。

それにしても、なんと美しい声なのだろう。

聞き惚れてしまいそうな、澄んだ鈴のような声だ。

その声音から自分の弟を思い出し、光則は少々意地悪な態度を取ってしまったと反省した。このような鄙に住んでいる者であれば、訪れる客も少ないだろう。客人への接し方を知らなかったとしても、無理ないことだった。

「好きにしてよいのです。転がしたり、投げたり……蹴鞠《けまり》はまだあなたには早いでしょうね」

「蹴鞠？」

「そう、鞠を蹴るのですよ。ほら、こうやって」

男児の手から鞠を受け取った光則が三度続けて鞠を蹴ってやると、幼子は「わあ」と頰《ほお》を紅潮させた。先ほどまでは泣きだしそうだったくせに、もうすっかり機嫌を直している。それまではつんとした態度だったのに、既に光則に心を開いたようだ。

「すごい！　お空に届きそう！」

はしゃいだ声が耳に心地よい。

「あなたもいずれ、これくらい蹴れるようになるでしょう。練習が肝要ですよ」

「うん！」

もう少し幼子と何かを話したかったが、光則を呼ぶ車副《くるまぞい》の声が聞こえたので慌てて「では」と辞去の言葉を告げる。

帰りの牛車で、父に可憐《かれん》な童子と出会ったので鞠をあげたと語ると、彼は怪訝な顔になった。

「あの家に、男の童《おわらわ》などおらぬぞ」

その言葉に、光則は父が自分を担いでいるのだろうと笑った。

「おります。私は確かに幼子の前で蹴鞠の真似事《まねごと》をしたのです」

「狐《きつね》にでも化かされたのではないか？　あそこにいるのは姫君だけだぞ」

「…………」

それ以上追及しても埒《らち》が明かなそうだったので、光則は父にあの幼子についてもう聞かなかった。

深く調べるのは無粋だと思えたのだ。

それきり、光則は今、この話をするまではすっかり忘れていた。

あれほど端整な男の童ならば、どこぞで顔を合わせてもすぐにわかるはずだ。だが、あれから十年以上経過しているのに、あの面影を宿す男には未だに出会えていない。身なりを考えても貴族だろうに、同じ年頃の貴公子たちに斯様な面影の者は皆無だった。

ならば、あの男児は幻だったのではないか。

……ひとしきり語り終えると、女御は「それでおしまいなの？」と問うた。

「はい」

「――一生懸命お話ししてくださったのは嬉しいけど、なんだかあまり怪談らしくありませんわ」

御簾の向こうから、彼女が困惑しきっている気配が伝わってきた。言葉足らずだったかと、光則はつけ加える。

「姫、私にとってはあれは幽霊だと思えるのですよ。もう二度と会えない男児……何やら曰くありげには感じられませんか」

「そう言われると、少しは怖いかもしれませんね」

「そうでしょう」

物怖《ものお》じしない姫に御簾を隔てて微笑みかけ、光則はそれきりあの鞠を持った男の童の話を彼方《かなた》に追いやった。

「あなたのほうはどうなのですか、姫。何か変わった話はないのですか？」

「何にも。訪れる方もなく……」

「そうなのですか？」

「いえ、いらしたわ。一条《いちじょう》の相公《しょうこう》様！」

相公といえば、参議を唐《とう》風に言うときの役職名にあたる。ほかにも宰相《さいしょう》との呼び名があった。

公家《くげ》でも政を担う職位は、左大臣、右大臣、内大臣の三槐《さんかい》。そして、大納言、中納言、参議となる。左京《さきょう》一条に住む橋爪輝美《はしづめのてるよし》は参議で、周囲からは『一条の相公』と呼ばれている。

　役人と組んでそれなりに私腹を肥やしていると悪名高く、潤沢な財力をもとに主上への贈りものも絶やさない。おかげで主上からの覚えもめでたく、二人は親密な様子だった。

「帝から素晴らしい香炉を賜ったとかで、わざわざ見せにいらっしゃいましたわ」

「その話は私も聞き及んでいます。相当嬉しかったのでしょう」

「ええ」

　あからさまな自慢話が苦手な藤壺の女御は、憂鬱そうにため息をついた。

二、花柳《はなやなぎ》

光則《みつのり》を招待した実親《さねちか》の屋敷は、都でも人通りの疎《まば》らな右京《うきょう》の八条坊門小路《はちじょうのぼうもんこうじ》にある。

　都は唐の都城《とじょう》に倣って造営され、北方の中央に大内裏が、その中に帝のおわす内裏が建造された。

　大内裏の正門にあたる朱雀門《すざくもん》から都の南端の羅城《らじょう》門《もん》まで一直線に延びた朱雀大路《すざくおおじ》が、都を南北に貫く。街区は東西南北に整然と区分され、東西の道路は一《いち》条《じょう》から九条《くじょう》に至る大路によって分かたれていた。

　大半の貴族は内裏にほど近い一条から三条《さんじょう》あたりに住んでいるが、父の正光《まさみつ》は左京六条《さきょうろくじょう》、光則自身は左京四条《しじょう》に居を構えている。

　広い都は、どこもかしこも均等に繁栄しているわけではない。湿地帯や河原で、そもそも住居に向かない場所も多かった。

　実親の邸宅もそんな地域で参内も不便だろうが、その鄙びた様子を実親は気に入っているらしく、地位を得た今もここから動こうとはしない。麗しい貴公子の割には、存外剛胆なのだろう。

　牛車《ぎっしゃ》から降りた光則が妻戸《つまど》から中門廊《ちゅうもんろう》に上がると、誰かが板張りの廊下を小走りでやってくる。

　どこからともなく聞こえる龍笛《りゅうてき》の音色が耳を擽《くすぐ》った。そういえば実親は龍笛の名手であったと、光則は思い出す。

　姿形が美麗なばかりでなく、溢《あふ》れんばかりの才能にも恵まれている。敵に回すと厄介だが、身内ならば心強い人物だ。

「ようこそおいでくださいました、兄君！」

　唐猫《からねこ》を抱き、はしゃいだ声で駆け寄ってきた狩衣《かりぎぬ》姿の青年に、光則は「狭霧《さぎり》」と微笑みかける。

　それから、誰も今の会話を聞いていないかとこっそり確認する。公式的には、光則の妹は死んだことになっているからだ。光則の生真面目な反応がおかしかったらしく、狭霧はくすりと笑った。

　光則はこほんと咳払いをし、真面目な顔で狭霧に向き直る。

「実親殿は？」

「随分前から、兄君をお待ちです。本当にいつぶりでしょうか、私も心待ちにしておりました。さあ、早うこちらへ」

　案内など家令に任せればよいのに、久々に兄の顔を見られる喜びに狭霧は我慢できなかったようだ。

　実親に自宅に招待されたときに渋った理由は、ここにあった。わだかまりがないとはいえ、狭霧に会うのはどこか気まずく、文《ふみ》は互いに送り合っていたが、その程度で留《とど》まっていたからだ。

　久しぶりに顔を合わせた狭霧は、背も伸び、すっかり大人びていた。

濡《ぬ》れたように大きな瞳、赤い唇。つやつやとした黒髪。

何とも匂やかな様子で、今や狭霧は学生として大《だい》学寮《がくりょう》に通っているが、実親が家からあまり出したがらないのもわかるような気がした。

「こちらです……あの、何ですか、兄君」

「ん？」

「じいっと私を見つめておられますが……」

「いや、妙な色香を感じるように思ってな」

光則としては軽口のつもりだったが、途端に狭霧は耳まで真っ赤になった。

「や、やめてくださいませ！　久々においでになったと思えば、いったい何を……」

「いいではないか、本当の話だ」

「もう！」

羞恥から唇を尖《とが》らせる狭霧の表情に、光則は目を細める。

昔は人形のように生気のなかった狭霧は、随分変わった。こんな風に光則にからかわれて赤くなったりしなかったし、それどころか、何かがあるとすぐに黙りこくって心を閉ざしたものだ。

「お二人で何をじゃれ合っておられるのです？　よもや、仲睦《むつ》まじいところを見せて私を妬《や》かせようという魂胆《こんたん》ではないでしょうな」

凛《りん》と涼やかな声音が響き、光則は振り向いた。

簀子《すのこ》では既に酒肴《しゅこう》の準備がされ、高欄《こうらん》のそばに立つ実親が優雅な所作で振り返った。

二藍《ふたあい》の襲《かさね》でも上の藍の直衣《のうし》はどちらかといえば美しい縹《はなだ》に近く、織り込まれた文様に下地の紅《くれない》がほんのりと透けている。それが何とも艶《なま》めかしい着こなしで、目映《まばゆ》いばかりの公達《きんだち》ぶりだ。折しも背後でみずみずしい庭の柳が揺れているのが、また、彼の美貌を引き立てる。

「なに、いたって普通の兄弟の会話だ。気にせずともよかろう」

「そのために、わざわざ斯様な鄙までおいでに？」

軽いからかいが込められた言葉に、光則はふっと笑った。

「そなたの家は遠くて困る」

とはいえ、場所は僻地《へきち》であったがそれ以外はどんな大貴族の邸宅にも負けぬほどの素晴らしい屋敷だった。

敷地《しきち》の周囲には、土砂を固めた築地《ついじ》と呼ばれる土《ど》塀《べい》が巡らされ、屋根は内裏と上級貴族のみに許された檜皮葺《ひわだぶき》に甍《いらか》を載せた甍棟《いらかむね》。特筆すべきは自然を利用した風雅な趣の池で、水の音も清《さや》かだ。

家々も稀疎《きそ》な環境ではあるものの、この壮麗な館《やかた》で過ごしていれば、世間の雑音も気にならないだろう。

「さあ、どうぞお座りください」

「うむ」

勧められて簀子に腰を下ろすと、すぐそばに実親も座した。

狭霧が出ていったのは、密談だとわかっていたのか、それとも、酒を用意するためか。

「今宵はいったいどのような？」

「私の新たな任についてだ」

「そうでした。すっかり失念しており、申し訳ありません。明日より、正式に就かれるそうですね。――検非違使別当《けびいしべっとう》へのご着任、おめでとうございます」

手入れの行き届いた板敷きの床に両手を突き、実親が恭しく頭を下げる。ゆったりとした仕種《しぐさ》にも気品が漂い、既に未来の大臣の貫禄《かんろく》は十分だ。

それを初めて知ったらしく、酒を運んで戻った狭霧は目を丸くしていたが、慌ててその場に酒器を置いて実親に倣った。

「おめでとうございます、兄君」

「先例によると、大納言が検非違使別当を兼帯するのは二百年ぶりだとか」

「今夜は私が自由でいられる、最後の十六夜だ。一時の地位とはいえ、帝の気まぐれにも困ったものだ」

「めでたきことでございましょう。今上が光則様の力をお求めになったのですから」

実親が本心からそう述べているのかどうか、そこまでは光則には摑めない。しかし、彼に褒められれば悪い気がしないのは事実だった。

「検非違使の職掌は様々だが、私に課せられたのは十六夜《いざよい》捕縛だ。祝ってくれる気持ちは有り難いとはいえ、それをなし得ぬ限りは喜べぬ」

「また厄介な話ですね」

「十六夜について、そなたなら何か知っているのではないかと思って知恵を借りに来た」

「知っている？」

空の盃《さかずき》を持ったまま、ぴくりと実親は眉を上げた。

「それは、帝の治世を揺るがすために私が荷担しているという意味ですか？」

「まさか、考えすぎだ」

酒を注がれた光則は、実親らしからぬ誤解に口許をわずかに歪めた。

「これでも私はそなたを信頼している」

不思議だ。

いつもなら言いづらかった言葉も、今宵であれば音にできるようだった。

「それゆえに、妹君を私に嫁がせたと？」

「さすがに、そこは成り行きだ。しかし、その件は本当に有り難く思っている。私の過ちを正してくれただけでなく、狭霧が本来の自分に立ち返れた。狭霧には幾度謝っても謝りきれないような罪を犯したのだからな」

隠していた本音を言の葉《ことのは》にすると、雲間に隠れていた月が顔を出すように、晴れやかな気分になる。

胸のつかえが取れるような思いだった。

「兄君は以前も謝ってくださいましたが、私はそのことは最早気にしておりません。こうして実親様と一緒になれたのですから」

「だが、幸せそうなそなたを見るとやはり、改めて言わずにはいられなくなるのだ」

狭霧は紆余曲折《うよきょくせつ》を経て実親のもとで男としての人生を歩んでいるものの、本来ならば大貴族の息子として得られるはずだったものは、その手からすり抜けてしまった。一族の安泰と引き替えに、危うく狭霧の人生を台無しにしてしまうところだった。

狭霧が己の人生を歩み始めてくれた事実が、光則にとっては救いにも光明にも等しいのだ。

「わかりました。もうよろしいでしょう、光則様。狭霧が困っております」

見れば狭霧はほんのりと涙ぐんでいて、光則は咳払いをしてから「話を戻そう」と切り出した。

「実親殿は、地下《じげ》の友人も多いと聞く。何か十六夜に関する噂でも耳に届いておらぬか？」

清涼殿において参内した貴族が控える場所を殿上《てんじょう》の間というが、こちらに昇ることを許される者を殿上、あるいは殿上人《てんじょうびと》という。逆に殿上を許されない、六位《ろくい》以下の官者は地下と呼ばれていた。

「十六夜は神出鬼没です。姿を見た者はいないようですし、彼の行動に関して判明していることといえば、十六夜の晩に出現することくらいではないでしょうか」

最初は単なる名もなき盗賊として扱われていたのだが、十六夜に出没する点、加えて必ず円を描いた紙を添えて民衆に金品を施す点から、いつしか十六夜のあだ名をつけられたのだ。

「うむ。厄介な盗人だ……」

光則は深々と息を吐き出した。

実のところ、実親の情報をさほどあてにしていたわけでもないのだが、幅広い階級に友人を持つ彼ならではの糸口があるのではないかと、微かな希望を抱いていた。

「今宵は生憎曇っておりますゆえ、彼《か》の盗人も動かないでしょうが、十六夜の晩など、悪事には明るすぎて人目につくのではありませんか？」

「ああ、つくづく人を馬鹿《ばか》にしている。だが、人目につきやすい分、注意を払えば盗みもやりやすいのだろう。盗人が見えるということは、盗人からもこちらの守りが丸見えだからな。それに、何よりも、民が十六夜を味方しているのが面倒だ」

十六夜は満月の翌日で、まだまだ煌々《こうこう》と月が輝いているものだ。斯様な晩に盗みを働けば人目につき、捕まる可能性も高まる。なのに、十六夜は剛胆にも一度決めた規則を守っていた。

「市場でも聞きました。十六夜は裕福ではない皆さんに、大層人気があると」

狭霧がそう言うので、光則は更に渋い顔になる。

「そこが問題だ」

「狭霧の言うとおりで、施しをもらった人々を調べようにも、庶民は十六夜を庇《かば》っているようですね。口を割る者は見当たらないとか」

都を騒がせる盗賊をどう思っているのか、実親の冷静な面持ちからは窺えない。

「検非違使の聞き込みや追跡が上手くいかないのも、そのせいだろう。何としてでも、一味を捕えられればよいのだが……」

「どうでしょうか。そもそも十六夜なる盗人、一人で犯行を重ねているという風聞も耳にしています」

その程度の噂ならば、あえて指摘されずとも、光則も聞き及んでいた。

「ああ、そういう話も伝え聞くな。だが、あれほどの盗みを一人で行えると思うか？」

「難しいでしょうが、不可能ではないでしょう」

「なに？」

「盗まれた品はどれも小さくて軽く、それでいて高価なものばかりですよ」

被害に遭った宝物は、玉《ぎょく》──翡翠《ひすい》や碧玉《へきぎょく》──に珊瑚《さんご》など貴重だが小ぶりな財宝ばかりだった。

「確かに、大きさの割には高額な品物が多いな」

「一人であれば、分け前などの面倒なことを考えなくていい。仲間割れして捕まる可能性は低くなる。逃げるのも簡単です」

「なるほど、実親殿の言うことにも一理ある」

そこまでは思い至らなかった自分に焦れ、光則は内心で己を罵った。

「尤も、どうせ彼が狙っているのは受領《ずりょう》でしょう。少しくらい荒らされてもいいのではありませんか？」

「さすがに、それは困る。受領たちがほかの公卿に泣きつくのは目に見えているからな」

程度は違えど、貴族たちは受領と協力し合って収入を得ている。受領は財をなすのにほどよい土地に任官される見返りに、貴族にも恩恵をもたらす。

たとえば都では火事が多く、内裏ですら幾度も火災に見舞われている。とはいえ、火事のたびに屋敷を再建するには金がかかり、貧乏な貴族の中には体面を保つだけの屋敷を作れぬ者もいる。そこで、目端の利く受領の中には、屋敷を建造してそれをまるまる寄付する者もいた。

「持ちつ持たれつというのは、よいとは思えません。どこかで受領との協力関係を絶たなくては」

「それはそなたが実入りのよい荘園《しょうえん》を持っているから言えるのだ。貴族たちの内情は、皆苦しいからな」

実親が帝より賜った荘園は、手近でなおかつ豊穣《ほうじょう》な土地だった。収穫した米などを売ればそれなりの額になるため、それが実親の生活を支えている。しかし、多くの貴族たちは受領の賄賂がなくては暮らしが成り立たない。

「余裕があるのは橋爪《はしづめ》殿くらいですか」

「うむ、あの相公《しょうこう》くらいであろう。それに、右府殿のご一族が狙われればそなたも困るのではないか」

「そうですね。いずれにしても、私にも何かできることがありましたらお知らせください。世の乱れは人の心をも乱します。放ってはおけません」

「ありがとう。頼もしく思うぞ」

猫を膝に乗せ、固唾《かたず》を呑《の》んで二人を見守っていた狭霧が、安堵《あんど》したようにふっと息を吐き出す。それを見やった実親が何かを耳打ちし、狭霧の手を握り締める。その様がじつに自然で、我が弟はこの実親にとても愛されているのだと実感し、光則は自分の心に安らかな感情が満ちるのを味わった。

十六夜捕縛の方針は立たなかったが、その程度は些事《さじ》だといえるほどに、久しぶりにすがすがしい気分が胸中に立ち込めていた。

妻子を亡くしてから、己の気持ちが晴れるのは本当に久しぶりだ。

新しい役目をこなし、皆の信頼に応えなくてはいけないと、光則は気持ちを新たにしたのだった。

酒宴は夜更けにはお開きになり、光則は馬に乗った。

「騎馬ではさぞやご不安でしょう。お気をつけて」

「なに、このあたりは野盗も怖がる羅城門の近くだ。問題はあるまいよ」

かつて威容を誇ったと聞く羅城門は倒壊してしまい既にないが、ここが都の外に近いのは事実だ。

盗賊がはびこっている可能性もあるため、普段は馬に取りつけている仰々しい飾りは外し、野盗どもに狙われぬように工夫は施していた。

狭霧と実親と門前で別れ、光則はまず朱雀大路を目指した。

先頭を歩く従者の狩衣が、ひらひらと揺れる。

そこで彼が「おっ!?」と妙な声を上げたので、光則は急いで手綱をぐっと引いた。

いったい彼は何を見たのか、前方に目を凝らしても怪しいものはないようだ。

「何だ？」

「何やら音が……いや、声がします」

指摘されるままに耳を澄ませると、確かに怒鳴り声が耳に届く。

「火事でしょうか」

「待て」

鄙同然である実親の屋敷の近くから延々と北上してきたので、周辺は既に受領や大貴族の家々が建ち並ぶ近辺だ。怒号はそのうちの一軒から聞こえ、何か叫んでいるようだ。

「泥棒と言ってるんでしょうかね」

耳ざとく従者が告げ、それを聞いた光則ははっと躰を震わせた。

まさか、十六夜ではないか!?

今日は朝からずっと曇り空だったため、このような晩には彼は現れまいと侮っていた。しかしいつの間にか空は澄み渡り、まさに絶好の十六夜が煌々とあたりを照らしている。

まったく、舐《な》められた話ではないか。

よりにもよって、光則が検非違使別当に正式に任ぜられる前日だというのに。

無論、庶民も十六夜も、光則が別当になるとは知らぬだろう。そんな事実は、庶民にとっては関係がない話だからだ。

だが、先日来十六夜のことばかりを考えている光則にしてみれば、これは十六夜の嫌みな着任祝いのように思われて珍しく頭に血が上った。

幸い太刀を持っており、これさえあれば己の身くらいは守れる。

「待っておれ。見てくる」

言うなり馬の腹を蹴り、光則は急いで人の声が聞こえた方角へ馬を走らせた。

「光則様！」

慌てて従者たちが追ってくるのが気配でわかるが、光則の気持ちは既に十六夜に向かっていた。

普段はもっと冷静沈着なのに、酒の影響も受けているのかもしれない。それに、面倒な状況を一刻も早く打破するためにも、一つでも多くの手がかりが欲しかったのだ。

こちらか。

あらかじめ見当をつけていた方角に近づくと、松《たい》明《まつ》を手にした男たちが右往左往しているのが目に入った。

「そなたたち、何があった」

騒ぐ男たちの手前で光則は馬の足を止めて問うと、彼らは馬上の光則を見上げ、「十六夜が！」と叫んだ。

「十六夜が出たのです！」

口々に下人たちが訴えるのを右手でいなし、光則は重ねて聞いた。

「ここは誰の屋敷ぞ」

「但馬守《たじまのかみ》様の留守中のお屋敷でございます。旦那様の秘蔵の玉を……」

光則の身分も確かめずに、男たちは必死で言い募る。

尤も、馬は高価なもので庶民が持てるわけがないし、光則の身なりからも身分の高い貴族だと判断して、信用したのだろう。

「くせ者はどちらへ？」

「おそらく、西ではないかと」

「わかった」

光則は手綱を握って向きを変えると、再度馬の腹を蹴った。

西といえば、ちょうど光則たちが来た方角ではないか。一本違う通りを行けば、もしかしたら鉢合わせになっていたかもしれぬと悔しくなる。いや、十六夜がわざわざ目につく大路を使って逃亡するとは思えぬから、人々の家の庭先でも駆け抜けているかもしれない。

「む……」

朱雀大路を越えても、怪しげな人影はない。

何か見落としていないかと、光則は自然と馬の速度を緩める。

右京でも西部は湿地帯で、もとより開発は行われていない。昼はともかく夜ともなれば、大の男でさえも入るのを躊躇《ためら》うような淋しい地域だった。

無論、こうしたところに盗人たちがたむろしていてもおかしくないが、彼らの中でもとびきり剛胆な人物でなくては出入りをすまい。

それでも十年近く前は、もう少し人家があったらしいが、今は荒廃しきって廃屋や動物の死骸などが点在する有様だ。

さすがに薄気味悪くなり、光則は馬に乗ったままあたりを見回した。

そのとき、視界の端でちらりと何かが見えた気がして、慌てて馬の頭を向ける。

「ん？」

今にも崩れそうな朽ちた橋が、さらさらと流れる川にかけられていた。

橋の上で、何やら白いものが蠢《うごめ》いている。

光則はじっと目を凝らす。

人魂《ひとだま》かと思ったが、すぐに、違うと思い直した。

子供——少年だ。

「まさか……」

光則のような肝の据わった男でさえも足を踏み入れたくないような、そんな不気味な一帯だ。

なのに、当の子供は何も気に留めていないようだ。

ぞくりとした。

蘇芳《すおう》の水干《すいかん》に白っぽい単衣《ひとえ》を被り、裸足でひたひたと歩く少年は、背格好からいっても十五、六くらいだろうか。

括《くく》り袴《ばかま》からすらりと伸びた、初雪の如き真っ白な脚。月光を受けて輝く、ほっそりした臑《すね》に見入ってしまう。

服装から判断するに成人前の貴族の子弟か下働きだろうが、よりにもよってこの時間にこんな場所でふらつくとはどうかしている。

「待て」

声をかけても、少年は振り向かなかった。

「そこの子供、待たれよ」

更に強い声を出すと、少年は漸く橋の中央で足を止めた。そして、木で組まれた橋の上で振り返る。

薄衣《うすぎぬ》を被った彼の顔は見えないが、光則はその佇まいから何とも言えぬ優美さを感じた。

身分を隠しているだけで、これは相当な名家の生まれではないだろうか。

「盗賊を追っている。誰ぞ怪しい者を見なかったか」

「………」

少年は無言のまま頷いた。

「どこだ!」

少年はすっと右手を挙げ、光則を指さす。

後ろ?

背後に誰かいるのかと馬に方向を転換させて確認したが、人影は見当たらない。

「誰もいないぞ……」

再び振り向きながら言うと、そこには既に少年の姿はなかった。

——やられた……!

今し方の少年があたかも夢幻だったかのように、姿を消してしまっていた。

急いで彼の立っていた場所まで馬を進めたが、無論、影もかたちもない。

謀られた怒りに光則は太刀の柄《つか》をぐっと握り締め、湧き起こる感情を堪《こら》えた。

疚《やま》しいところがなければ、人を欺いて逃げはすまい。つまり、あの少年は何か隠しごとがあるのだ。

光則は月明かりを頼りに、馬を北へ向けた。

だが、肝心の愛馬は荒涼たる気配に怯えてしまったらしく、なかなか足を進めない。

「こら、落ち着くがよい」

幾度も声をかけて馬を宥《なだ》め、走るのは諦めてゆっくりと北へ向かう。けれども、妙に生温《なまぬる》い空気が身を包み込むばかりで、人影がまったく見えない。

そもそも、周辺には人の生きている気配が感じられないのだ。

ここに至るまでに思った以上に時間がかかってしまっている。従者たちは、いっこうに戻らない光則を心配しているかもしれない。


戻るか、それとも進むか。

ぐずぐずと決めかねているうちに、あたりはいつしか霧まで立ち込めてきた。

行くほかあるまい。

それこそ怪異譚《たん》にでも出てきそうな光景に惑いつつ馬を歩かせた光則は、道の突き当たりに大きな屋敷が建っているのに気づいた。

「これは……」

十六夜の月華に浮かび上がる屋敷には、確かに見覚えがあるようだ。

一見ではそれなりに立派そうだが、よくよく見ると、こけおどしとしか思えない。寧《むし》ろ、月明かりでもそうとわかるほどにひどいあばらやだった。門の棟木《むなぎ》は折れ、庭木も茂り放題で荒れ果てている。

ひどく薄気味悪いのに、なぜかどうしようもなく興味を惹《ひ》かれてしまう。

光則は己の記憶を手繰《たぐ》りながら、家の周りをぐるりと回ってみた。貴族の邸宅は、広さにおいても規則が定められている。光則のような三位以上の貴族は一町《いっちょう》の家に住めるが、四分の一町ならばさほど位の高い者の屋敷ではないようだ。

　廃屋かと思ったが、邸内から光がぼんやりと滲《にじ》んでくるので、誰かしら人は住んでいるようだ。

　注意深く観察しながら築地の周りを巡っているうちに、おそらくここは侍従池領《じじゅういけのりょう》にほど近い場所だろうと見当はついてきた。

　侍従池領とはかつて皇族により荘園として開発された一帯で、以前は水田だった。

　都では稲作は禁じられており、当然、規則違反である。しかも結局は耕作に適さないとうち捨てられ、今や水路や川が通っているだけの荒れ地と成り果てたとの知識は持っていた。

　確か、このあたりには楓《かえで》の宮《みや》と呼ばれる内親王《ひめみこ》の住まいがあるはずだ。今上の腹違いの妹で、さしたる後ろ盾もなかったために縁談にも恵まれず、数人の侍女に囲まれて一人淋しく暮らしているとか。

　皇族には品階《ほんかい》といって位と荘園が与えられており、内親王も収入は保障されるが、荘園を経営する才覚が欠けていれば窮するばかりであろう。

　楓の宮は従四位下《じゅしいげ》だったと記憶しているので、光則よりも身分は下にあたる。

「ふむ……」

　立場上、光則は内親王たちとはだいたい面識はあるが、楓の宮だけは別で、挨拶を交わしたことすらない。躰が弱いうえに人嫌いだとかで、俗世のつき合いはいっさい絶っていると聞いていた。

　周囲を見回しても、家らしい家はこのおどろおどろしい一軒だけだ。

　しかし、仮にも内親王ともあろう者が斯様な土地に住むわけがない。内親王の住まいというのは、光則の心得違いだろう。

いずれにしても、あの子供が逃げ込むならばここしか考えられない。

正式な検非違使でもないのにおこがましいものの、踏み込んでみるほかない。

光則は門に馬の手綱を結びつけると、そのままずかずかと邸内に入り込んだ。なぜなら板戸は壊れており、誰でも簡単に出入りできたからだ。

「誰かある！」

中門廊に向かって声をかけると、ばたばたと人が動きだし、足音が聞こえてきた。廊下を走ってやってきたのは、いかにも眠たげな顔をした下人だ。

「はい。夜分にどちら様ですか？」

月光のおかげで光則の身なりが立派なことに気づいたのか、物言いはかなり丁重だった。

「検非違使だ」

「検非違使？」

検非違使を名乗るには冠も衣服も決まりと違うが、眠い目を擦っている男はそこまで頭が回らないようだ。

「賊がこの屋敷に入り込むのを見た。中を改めさせてもらいたい」

「は？　賊ですか？」

ここに来て、眠気が漸く覚めたのだろう。男はぽかんとした様子で、光則の頭の天辺《てっぺん》から爪先までを眺め回している。

「そうだ。盗賊だ」

「どうかお戯れはおやめください」

突如として腹を抱えて笑いだした男は、息ができなくなりそうなほどに笑い転げている。それから彼は漸《ようよ》う呼吸を整え、不審げに見守る光則の前で涙を拭う。

「み、見てのとおり、この家には盗むような宝などありませんや」

男はまだ笑いの余韻が残っているようで、どこか苦しげに息を弾ませる。

「夜這いとでも言ってもらったほうが、まだ信じられるってもんです」

「夜這い？」

「はい。まあ、うちの姫様に好きこのんで手を出す殿方がいるとは思えませんが」

姫様というのはやはり内親王か。あるいは、末摘《すえつむ》花《はな》のようなひどいご面相で、世間からうち捨てられたどこぞの姫君か。

いずれにせよ、折角《せっかく》踏み込んだのだから、ここで足止めされるのは不本意だ。

「御免」

光則は沓《くつ》を脱ぎ捨て、強引に屋敷に上がり込んだ。

「何を！」

「確かめたいだけだ。すぐに帰る」

「お待ちくださいませ！」

慌てて下人が追いかけてくるものの、光則はまるで意に介さなかった。

何もなければ、それでいいのだ。

ずかずかと柱のあいだを歩いていると、東《ひがし》の対《たい》に立ち塞がるように大きな几帳《きちょう》が現れた。その几帳もぼろぼろで、ところどころ破れている。破れ目から、向こうに人がいるのが見えた。

袿《うちき》を身につけているが、躰の丸みから判断するに、中年の女だろう。

「唐突に押し入るとは、ここを誰の家か知っての振る舞いですか？」

「さて、誰であろうな」

この物言い、もしや、ここはあの楓の宮の住処《すみか》だろうか。

内親王の屋敷と認識して踏み込んだと知られれば、あとあと面倒な事態を招きかねない。ごまかしたほうが賢明だと、光則はしらを切った。

「ここは内親王であられる楓の宮様のお屋敷。余人が足を踏み入れてよい場所ではありません」

女性の声は震えていたものの、しっかりとした口ぶりだ。

「なんと！　よもや楓の宮様のお屋敷とは存じ上げず、大変失礼をいたしました」

愕然《がくぜん》とした反応を装った光則はその場に膝を突き、頭を下げる。殊勝な態度に、女人は少しばかり機嫌を直したようだった。

「それでは、穏便にお帰りいただけますね？」

「それは無理です。私は怪しい風体の輩がこの屋敷に忍び込むのを見ました。おそらく、盗人を手引きする腹づもりでしょう。こちらが内親王の邸宅とわかれば、ますます捨て置けません。調べさせていただけませんか」

入り込んだというのは嘘だが、光則の勘がこの屋敷に何かあると訴えている。

こうなった以上は、徹底的に調べねば気が済まない。

「盗人ですって？」

彼女はたじろいだように声を震わせた。

如何に気丈に振る舞っていても所詮は女人。賊という言葉を出せば恐ろしくもなるのだろう。

「そうです。最近世間を騒がせる、盗人の十六夜は知っていましょう。折しも今宵は十六夜……先ほども、十六夜が出た現場を見ました」

「検非違使のお方。ご覧のとおり、ここに盗むようなものはございません。賊が入っても困りませんわ」

「内親王の屋敷とあらば、放ってはおけません。帝の妹御に何か起きては、この私が責めを受ける」

埒が明かない問答に、光則は声を荒らげた。

「だいたい、怪しい輩とはどのような人物なのです？」

「子供でありました」

「子供ですって！　でしたら、如何に女ばかりの屋敷でも恐るるに足らずですわ」

長閑《のどか》に笑う気配に、光則はむっとした。

「ほんの少し改めさせていただけるだけでよいのです。そうしたら、私も帰ります」

なおも光則が食い下がると、侍女が困惑している様子が伝わってくる。

と、几帳の向こうに、別の気配が生じたのに気づいた。おそらく寝ていたところを叩き起こされ、単《ひとえ》衣《え》に小袿《こうちき》だけ羽織ったのだろう。紙燭《しそく》の光からぼんやりと浮かび上がる輪郭は細身で、小袿の紅色が目を引く。

「子供如き、恐れはせぬ。お引き取りを」

より強い調子で言い切ったのは、先ほどまでとは別の女だった。もっと若いらしいが女性にしては随分低い声で、耳にすんなりと馴染《なじ》む。

「ここは我が屋敷。検非違使が易々《やすやす》と入ってよいところではない」

ならば、こちらが内親王の楓の宮か。

宮様というだけあり、改めて耳を傾けると声の響きにも気品が感じられるようだ。

「お初にお目に……」

「口上は不要だ」

ぴしゃりと封じられ、光則は呆気《あっけ》に取られる。

「そなたが何を誤解しているかはわからぬが、怪しい者など、屋敷のどこにもおらぬ。これ以上の言いがかりをつけるようであれば許さぬぞ、検非違使風情が」

検非違使風情だと？

挨拶を遮られただけでも腹立たしいのに、捜査の意向さえも相手はばっさりと切り捨てた。これには光則も神経を逆撫《さかな》でされ、御簾《みす》の向こうに腰を下ろした姫御を睨《にら》みつける。

「言いがかりなど、そのつもりは毛頭ありません」

「では、何だ？」

いかにも相手を小馬鹿にした調子で問われて、腹の底から沸々と怒りが込み上げてきた。

そもそも、光則はこの家の者に疑いをかけているわけではない。寧ろ、金品が盗まれる前に探させてくれと頼んでいるのに、なぜ斯くも頑《かたく》ななのか。

これだから、気の強い女は嫌なのだ。

「どうせいないのなら、探してもかまわないでしょう。それとも何か、疚しいことでもあるのですか」

「何を申す」

案の定、光則の挑発に対して相手は声を硬くした。

「ならば好きなだけ、家捜しするがよい。怪しい者などここにはいないのだからな！」

「姫様」

慌てたように女房が呼ばったが、もう遅い。言質《げんち》を取った光則は密かな笑みを口許に浮かべ、「それでは、失礼します」と頭を下げた。

こうしているあいだに賊は去ってしまったかもしれないが、何か手がかりが見つかる可能性もある。

ふん、と相手が鼻を鳴らすのがわかった。

「誰か、紙燭を持たせてやれ」

どうも言葉遣いの乱暴な姫君だが、男に慣れていないとぞんざいになってしまうのかもしれないと勝手に解釈する。

楓の宮は浮いた話の一つもなく、どのような顔立ちをしているのかすら音聞きはなかった。実親の異母妹なのだから、それなりに美しいはずだが。

光則は紙燭を借りると、左手でそれを掲げて家の中をじっくり見て回った。

あれほど嫌がったので誰か供をつけるのではないかと予想したが、下人は先ほどの男だけらしく、彼は灯《あか》りだけ渡してさっさと引っ込んでしまった。

どこかにあの子供が潜んでいやしないか。

そう思ってあちこちに目配りしながら見回ったものの、探索はすぐに終わった。

光則の邸宅の半分足らずの広さの屋敷は、外見も酷《ひど》かったが中もまたいっそう荒れ果てていた。

一歩踏み出すごとに、床がぎしぎしと軋《きし》む。高欄などは手摺《てす》りがなくなっている部分もあり、床が抜けている箇所も珍しくはなかった。先ほどの几帳をはじめとして調度はいずれも古び、邸内の修繕もままならないようだ。

光則は紙燭であたりを照らし出し、あまりの惨状にため息をついた。これでは末摘花の屋敷と言われてもしっくりくるほどの荒廃ぶりだ。

これが帝の妹である内親王の屋敷とは、信じ難いことだった。

生まれたときから貴族の子としてそれなりの環境で過ごした光則にとっては、大金を積まれても絶対に住みたくないような館だ。

尤も、建物自体が古ぼけているのは仕方ないが、目につくところに埃《ほこり》や蜘蛛《くも》の巣はなく、清潔さを保っている点には好感が持てた。とはいえ、腐った羽目板だけはどうにもならないのだろう。

我が主君とはいえ、義理の妹に対する扱いの酷さにさしもの光則も情けなさすら覚えてしまう。これではうち捨てられているといっても過言ではない。

侍従池のそばという立地を考えても、今上が関心を払っていないのは明白だった。斯様な湿気では躰を病んでもおかしくないし、不気味な住まいに通う男がいないというのも頷けた。

それにしても。

やはりこの屋敷、何か見覚えがある。

貴族の邸宅など、どの家も似たり寄ったりなのだが、月明かりにきらきら光る池の水面や外の借景といい、光則の記憶を刺激してやまないのだ。

それに気を取られていたわけではないものの、怪しい子供の探索はそこまでだった。

めぼしいものも見つからない。

塗籠《ぬりごめ》や長櫃《ながびつ》まで覗いたが不審な点はどこにもなく、重い足取りで最初の部屋へ戻る。

「何かあったか？」

真っ先に嫌みな質問をぶつけたのは、几帳の向こうで待ち構えている先ほどの姫だった。

「いいえ。お騒がせして、申し訳ありませんでした」

「そうであろう。わかればよい」

権高なその口調に、またもや神経を逆撫でされかけてしまう。

皇族から見れば自分たちは臣下だろうが、検非違使は治安を守るために尽力する大切な役所だ。こうも見下される理由は思い当たらない。

しかも、普通の検非違使はまだしも、光則は楓の宮よりも位階は上なのだ。

「ですが、こちらはあまりにも不用心です。いずれ出直し、改めて調べさせていただきたく存じます」

おかげで、言うつもりのなかった言葉を発してしまう。

まただと？

斯くも不愉快な姫君のもとは、二度と訪れたくない。

なのに、いったいなぜそんな愚かなことを述べてしまったのか。

「斯様な夜分にか？　必要はない」

「射干玉《ぬばたま》の夜に誰も訪れぬようでは、さぞ淋しいでしょう。綻ぶ蕾を愛でる男の一人もいなくては」

楓の宮の挑発的な態度に煽《あお》られ、つい、嫌みを口にしてしまう。

「それこそ、盗賊よりも招かれざる客だ。下品な物言いは慎むがよい」

ぴしゃりとやられ、光則はますます鼻白んだ。

こんな姫のところに通う男など、絶対にいるものか。光則だってお断りだ。

「では、私はこれで」

売り言葉に買い言葉で言い捨て、光則は席を立った。

女だてらに信じられぬほどの気の強さ。そして、口の悪さが気に入らない。

第一、夜中に検非違使に突如踏み込まれても落ち着き払っている神経の太さは、並の女人とは到底思えない。

貴人《あてびと》ゆえの落ち着きと思えば理解できないこともないが——いや、女人にしては可愛げが皆無だ。

それとも、光則が女人とはか弱い存在だと思い込んでいるだけなのだろうか。

ため息をついた光則は面を上げ、まじまじと皓月《こうげつ》を眺める。

あたかも白い鞠の如き月。

「あ！」

そうか。

頭の片隅で薄々疑っていたが、かつてここに来たことがあるのだ。

藤壺《ふじつぼ》の女御に話した、あの鞠を持ってきた家ではないか。

やはり、この家にいるのは姫だった。

あのときに顔を合わせた男児は、ただの白日夢。

怖い話も何も、勘違いに過ぎなかったのだ。

惚《ほう》けたように佇む光則の顔に、待ち構えていた馬が鼻面を擦り寄せてくる。

「行こうか」

ぶる、と馬が小さくいなないた。

馬に跨《また》がった光則は、下人たちが待つあたりへと急いだ。

三、紅躑躅《くれないつつじ》

わびぬれば　身をうき草の根を絶えて
誘ふ水あらばいなんとぞ思ふ
小野小町《おののこまち》

煌《きら》めく朝の光が、細く長く対屋《たいのや》の奥にまで差し込んでくる。おかげでところどころ腐った羽目板が白日の下に露《あらわ》になり、楓《かえで》の宮《みや》は眉根を寄せた。

一日のうちで、楓は朝が一番嫌いだ。

夢から覚めた途端に何もかもがはっきりと輪郭を取り戻し、夜のあいだの曖昧さを掻《か》き消してしまう。

夜はいい。闇の中、万物がくろぐろと沈み込み、他人と自分の境界が曖昧になる。

御帳台《みちょうだい》から這《は》い出して身仕度を調え、侍女の生《い》駒《こま》の手を借りて着替えを済ませる。

白い小袖《こそで》に濃色の袴《はかま》。それに単衣《ひとえ》と紗《しゃ》の袿《うちき》を合わせている。生駒もまた似たような格好だった。

畳に腰を下ろし欠伸を噛《か》み殺しながらもの思いに耽《ふけ》っていると、箱から櫛《くし》を出した生駒の「まったく姫様は！」という叱咤《しった》が飛んできた。

「昨晩は本当に、気が気でありませんでしたよ。生きた心地がしませんでした」

ぷりぷりした生駒の叱責が、がらんとした対屋いっぱいに広がる。わざとなのか弾みなのか、梳《す》いている途中の髪をぎゅうぎゅうと力いっぱい引っ張られては、楓は「ごめんなさい」と謝るほかない。

だが、さほど悪いと思っていない気持ちが筒抜けだったらしく、生駒はまたしても目を吊《つ》り上げる。

「さては反省していませんね、楓様！」

「してるよ……痛いってば、生駒」

痛みに耐えかね、楓はとうとう音《ね》を上げる。

来客のときを除いて普段は楓の宮ではなく楓と呼ばれているが、そのほうが楓には嬉しかった。

「御髪《おぐし》もこんなに短くなさるなんて。以前はあんなにやわらかく……この生駒自慢の髪でしたのに、これでは梳き甲斐《がい》がありません」

生駒は髪の尖端《せんたん》を持ち上げ、楓の前に置かれた鏡に映るように示す。

短いと指摘されるけれども、角髪《みずら》を結える程度に残しておいた。普通の女人に比べれば短いだけだ。

それならやめればいいのに、生駒は黒髪をくしけずりながら未だにぶつぶつと文句を言っている。

「だって」

「だってではありません！」

一喝されて、楓はひやりと肩を竦《すく》めた。

「余人に知られれば、なにゆえに切ったのかと疑われるではありませんか」

「髢《かもじ》があれば、絶対に気づかれないよ」

楓の髪で作った髢をつければ、いくらでもごまかせるはずだ。

「世の中に絶対などありません」

生駒はわざわざ楓の前に回り込み、厳しい調子で指摘した。

「絶対だよ。うちには、兄上以外は誰も来ないじゃないか」

勿論《もちろん》、兄上とは今上ではなく、その弟である実親《さねちか》を指していた。

それに、そんなに怖い表情では般若《はんにゃ》のような顔のまま固まってしまうと言いたかったが、ますます怒られるのは目に見えていたので黙っておく。

そろそろ三十路《みそじ》になる生駒とは物心ついたときからのつき合いで、母を早くに亡くした楓は、生駒に育てられたようなものだ。つき合いが長いゆえに何

をすれば叱られるかはわかっているし、対応も熟知している。なのに、つい、反抗してしまうのだ。

時に生駒の夫が会いにくることもあるが、彼女は基本的には楓のそばにいてくれる。おそらく、十五にして頼る者もない身の上を不憫《ふびん》に思ってくれているのだろう。

生駒は母が生きていたときは、どれほどこの屋敷が華やいでいたかを繰り返し聞かせてくれた。

しかし、それは今や幻だ。

楓は母のようには生きられない。殿御《とのご》に見初められるのを待つ人生など、決して歩めない。歩みたくもない。

「御身は秘密を持つ身の上。誰にもそれを知られてはいけないのですよ？」

またも咎《とが》められ、楓は「はいはい」とおざなりに相槌を打つ。

「はいは一回でよいのです」

生駒がまたも目を吊り上げるので、楓は「はーい」と答えて鏡の下に置いておいた鞠を手に取った。

生駒はむっつりとした態度で背後に戻り、再び髪を梳き始める。腹を立てているのは承知だが、生駒はもともと気持ちが優しいし、尾を引くような女性ではない。すぐに腹の虫が治まるだろう。

楓だって、そうだ。

小さい頃から大事にしている白い鞠に触れていると、気持ちがだいぶ落ち着いてくる。

いったい誰がくれたのか忘れてしまったし、すっかり薄汚れてしまったけれど、この鞠は楓にとって不変の宝物だった。

「ああ、また御髪が絡まってしまわれていますわ」

「それくらいいいよ」

「いけません。御髪の美しさこそ、女人の価値を決めるのですから」

女性のように長い髪ではないのだから、そんなに丁寧に手入れをしなくてもかまわないのに。

けれども、こうして楓の髪を梳きながらあれこれ語らうのが二人の習慣になっているせいか、楓が何度やめるように言っても生駒が頑なに拒むので、いつしか楓もそれを諦めていた。

高貴な内親王《ひめみこ》の屋敷でありながら、ここに仕えるのは侍女が数名と家人が二人いるだけだ。内親王の住まいとは思えぬほどの慎《つつ》ましさに、生駒は常日頃から不満を抱いているようだった。

とはいえ、従四位下《じゅしいげ》の内親王に与えられた所領はほんの少しで、荘園からのわずかな収益で食べている。そのため、人手を増やすどころか家の修繕の費用を出すのも到底覚束《おぼつか》ない。

兄——帝が手を差し伸べてくれなければ、この事態は永久に改善されないだろう。しかし、最高権力者である兄とて無限の財力を持っているわけではないし、内裏で火事があったりと何かと物入りだ。

それに、帝は楓の暮らし向きを顧みてくれるような為人《ひととなり》ではない。自分を見捨てのうのうと暮らしてきた兄に、貧しいからと今更頼りたくはなかった。

「それにしても、素敵な殿御でしたねえ」

唐突に、生駒の口ぶりが一変した。

真面目な生駒にしては珍しい、恋する乙女の如き響きに楓は目を見開く。

「誰のこと？」

「昨日の検非違使《けびいし》ですよ！」

「は？」

あの腹立たしい男のどこが……!?

楓は両手で挟んだ鞠に、ぐりぐりと力を込める。

「顔はよく見えなかったけど、確かに背が高かった」

あれは以前、橋で対峙《たいじ》した男ではないか。

そんな疑念は抱いていたが、確証は皆無だった。

「それだけですか？」

「ん？　ええと……声はよかったな。低くて、太い声で……だがそれだけだ」

「あらまあ、楓様には見る目がありませんわね」

生駒は呆《あき》れたようにため息をつき、櫛を握り締める。

「二藍《ふたあい》の直衣《のうし》は男らしく、くっきりした目に逞《たくま》しい眉。凛々しそうな口許。実親様もお美しい方ですが、あの検非違使も引けを取りませんわ！　ああいう殿方にこそ、是非、楓様を娶っていただきたいというものです。次にお見えになったときは、紅躑躅の色合せなどどうでしょうねえ」

それは無理だし、もう二度と会いたくもないと口を挟もうと思ったものの、無粋なのでやめておいた。

ごく稀《まれ》に屋敷に現れては何くれとなく面倒を見てくれる異母兄は、華やかな美貌の持ち主だ。しかし、実親にも例の検非違使にも、楓はまったくときめきを覚えなかった。

そもそも、男を相手にそんな甘美な感情を抱くはずがないのだ。

内親王とは名ばかりで、楓は男なのだから。

「だが、検非違使にしては装束がおかしくはなかったか」

検非違使の装束は白い狩衣《かりぎぬ》と決まっているし、武具も太刀しか持っていなかったのは変だ。

「きっとお忍びで、どこぞの姫御のところへ行かれた帰りなのでしょう。我が家にもほかの機会においでだったら、どんなによかったか」

「そうかもしれない」

楓の生返事を聞き流し、生駒はずいと膝行《しっこう》して楓の前にはだかった。

「それもこれも、姫様があんな真似をなさるからです。夜の散歩くらいは、と大目に見ていましたのに」

「あんな真似って？」

「盗人の真似事です」

「十六夜《いざよい》のこと？」

「ほかに何があるのです？」

「私とて、不満が溜《た》まるのだ。それを己の中から消そうとして、何が悪い？」

　民草に十六夜などという妙な二つ名をつけられてしまったものの、嫌な気分ではない。必ず月を模した輪を描いた紙を置いていくと評判だったが、あれは文字を書けば正体が知れるかもしれない、かといって目印がなくては同じ犯人の仕業だとわからないという葛藤から生まれた、単なる偶然の産物だ。

　それが評判になって十六夜なる名を与えられたのだから、人生とは不可解だ。

「それに、どうせ誰も気づかないから、大丈夫だよ」

「私は気づきましたし、検非違使が来たでしょう、昨日！」

　藪蛇になりそうで、楓は首を竦める。

「まったく、私の寿命を縮める気ですか？」

「だって今、あの検非違使が来て嬉しいって……」

「それとこれは別です。大切な御身を危険に晒《さら》して、乳母として喜べるわけがないでしょう」

「ごめんなさい、生駒。それは悪いと思ってるよ」

　昨晩、悪行三昧と恨まれている受領《ずりょう》の但馬守《たじまのかみ》の留守宅に押し入り、宝と評判の玉《ぎょく》を盗んだところまではよかった。しかし、そのあとで検非違使に見つかってしまったのだ。

「さすがに、どれほど危ないことがわかりましたでしょう。後生ですから、盗人はおやめください」

「――やめたくない」

　ぽつりと、それでも変わらぬ決意を込めて楓は発した。

「あれだけ都を騒がせておいて、これ以上何をしたいのです？」

　正面に回り込んだ生駒に初めて真っ向から問われ、楓は渋々口を開いた。

「……一矢《いっし》報いたいんだもの」

「誰にですか？」

「兄君に」

楓のふてぶてしい回答に、生駒はぽかんとした顔になる。

「なんと恐れ多い……あなたの兄君は主上なのですよ!?」

「わかってる」

「仲良くしなくては、亡くなられた女御《にょうご》様もさぞや悲しまれるでしょう」

どうかな、と楓は内心で呟《つぶや》いた。

楓の異母兄は帝と実親の二人だ。実親は少しは優しかったが、今上は政に手いっぱいで楓を顧みることもない。こうして生活できるのは、所有する荘園からわずかばかりの収入を得ているのと、受領からの寄付のおかげだった。

だが、楓が十六夜となるのはその程度の理由からではない。

漫《そぞ》ろ歩きをしているうちに、楓は民の苦しみを知った。帝からうち捨てられているのは、楓ばかりではなく庶民もまた一緒なのだ。

所詮、朝廷が目を向けているのは貴族たちだけだ。だからこそ、思い知らせてやりたいのだ。

世の中には、庶民だっている。忘れ去られた存在であろうと、必死で生きているのだと。

「あの検非違使が再びいらっしゃるのは嬉しいですけれど、御身のためには絶対に許されません。次があれば、さすがに疑われますよ」

「捕まったりしないから平気だよ。そのために、母君の形見をお金に換えておいたんだもの」

盗品を換金するのは危険なので、十六夜を始める前に、母の形見の宝物をいくつか売っておいたのだ。それゆえに盗品はこの家で保管されていたが、ほとぼりが冷めた頃に処分するつもりだった。

「それに、彼らが探してるのは男だろう」

「……そうですけど」

「ここにいる限り、誰も私が男だと気づくものか」

そもそも才知を謳《うた》われる実親ですら、対面している楓が男だと見抜けぬのだ。

さんざん浮き名を流していると耳にするが、我が兄ながら、どこか間が抜けているのではないかと心配になってしまう。

「過信は禁物ですよ」

ほかの貴族の姫君ならばまだしも、楓は今上の唯一の妹で、秘められた存在だ。

けれども、十五ともなれば、女子の成人にあたる裳着《もぎ》の儀式を引き延ばすのもそろそろ限界で、そうなれば縁談が持ち込まれてもおかしくはなかった。

皇族の婚姻は継嗣令《けいしりょう》において厳密に規定されており、内親王は易々と臣下とは結婚できない。禁を犯してまで屋敷を訪れる剛胆な男など、絵巻物の中にもいないので、その点だけは安心ができた。

勿論、主上も妹の幸せのために婚姻も考えるかもしれないが、そんな思いやりがあるはずがない。

寧ろ、楓を政争の道具として婚姻させぬだけでも、感謝しなくてはならなかった。

今のまま独り身でうち捨てられれば、楓が男だとは誰にも知られずに済むだろう。だが、それではこの先の楓の人生には何の希望もない。

この屋敷に閉じ籠もり、息を殺して暮らすのは、死の如き拷問だった。

そもそも、楓が女性として生きざるを得ないのは、母のせいだ。女御は優れた息子たちの処遇に前《さき》の帝が思い悩むあまり、心を病んで早世してしまったと常々嘆いていた。このうえもう一人男が生まれれば、皇族の均衡が崩れかねない。

悩んでいる最中に産み落とした我が子が女だった点に安堵した女御だったが、それは間違いだった。楓は男性器のかたちがわかりづらいだけで、成長すると少年だと判明したのだ。

それに気づいた時点で母が訂正をすればよかったのかもしれないが、彼女はそれを望まなかった。兄弟のあいだに争いを引き起こすのが嫌だったし、皇太子としての楓には傷がついてしまったも等しい。それではこの子には未来がないと、悲観して亡くなった。

おかげで一人残された楓は、秘密を守るために女装し、家に閉じ籠もって世捨て人同然に暮らしていた。そんな己が盗人になるとは、人生とはわからぬものだ。

「わびぬれば　身をうき草の根を絶えて……か」

閑寂な暮らしを送っていたので、己の身を憂しと思っていたところです。浮草の根が切れて水に流れ去るように、私を誘ってくれる人がいるなら、一緒に都を出ていこうと思います——小野小町が歌に詠んだ心境が、楓には共感できるのだ。

浮き世に張ってしまった煩わしい根を断ち切って、身も心も自由になりたい。

己らしく生きることすら許されないのであれば、いっそ、命ごと絶ってくれればよい。それさえできぬ兄を、貴族を、楓は心底恨んでいた。

だからこそ、立ち上がったのだ。

現世《うつしよ》が歪みきっているのは明白であるなら、楓が自らの手で兄の過ちを正してやろうではないか、と。

昨日の検非違使も、つくづく愚かな男だ。

ああいう繊細さの欠片《かけら》もない男は、女人には袖にされてばかりだろう。だから、楓に対しても無頓着で不躾《ぶしつけ》な態度を取ったに違いない。

うだつが上がらないでくのぼう。きっと女にも不名誉なあだ名でもつけられているだろうと想像すると、楓は少しだけ愉快な気分になった。

「楓様、お一人で何を笑っているのです？　さあさ、どうぞ朝餉《あさげ》を召し上がってくださいませ」

「うん」

急速に空腹を感じた楓は、膝行して鞠を丁寧に二階棚に置いた。


「くそ……」

朝一番に光則《みつのり》が呟いた言葉が、それだった。

これでは寝起きのすがすがしさも何もあったものではない。昨晩の記憶が甦《よみがえ》ると、またむかむかと腹が立ってきて、今日は不快な一日になりそうだ。

心が乱れている証拠だ。

本来ならば光則は起きてからすぐに属星《ぞくしょう》の名号を七回唱えるのが日課だが、真っ先に罵りの言葉を発してしまった。

むっつりとした顔で暦を確かめると、本日の吉凶は吉。昨日が凶だったのかと忌々《いまいま》しく考えながら、光則は家人を呼んで朝食の膳を運ばせた。

光則は軽い食事を好むので、たいてい朝は質素な粥《かゆ》だった。料理には味がついていないので、塩を使って味を調え、じっくりと嚙む。

「昨日はだいぶ遅いお帰りでしたね」

家令の文博《ふみひろ》に言われて、光則は忘却しかけていた不快感を無理やり呼び覚まされた。

「ああ」

小柄で童顔の文博は光則より二つ三つ下で、実家である左大臣家の家令である文秀《ふみひで》の弟だった。文秀同様に有能で、何かと気を配って采配してくれている。惜しむらくは、その外見のせいでやけに頼りなく見えてしまう点だろう。

「何か変わったことがおありでしたか?」

「……まあな」

もともとやや短気ではあるものの、光則は深く誰かを恨んだり根に持ったりはしない。嫌なことが起きても一晩もあれば忘れてしまえるが、今朝は違った。

昨晩は腹立ちのあまり、殆ど眠れなかった。

けれども、これからは大納言としての政のみならず、検非違使別当《べっとう》としての仕事にも邁進《まいしん》しなくてはいけないのだ。十六夜捕縛に失敗したからといって鬱《ふさ》いでいるようでは、沽券《こけん》にかかわる。

尤も、市井の人々に聞き込みなどすれば、昨晩のような事態には何度も直面するだろう。それを厭《いと》っては、十六夜の捜査などできるわけがない。

「正式に決まるまでは黙っていようと思っていたので遅くなったが、役目が増えた」

「お役目が？」

「本日より検非違使別当を兼帯するのだ。慣れぬことゆえ、そなたにも迷惑をかけるかもしれぬが、よろしく頼む」

「それはそれは、おめでとうございます！」

文博は声を弾ませたものの、光則としてはそんな気分ではなかった。こういうとき、乳兄弟が相手だと己の気持ちを素直に吐露できる。

「そう祝ってばかりもいられぬのだ」

「とおっしゃると？」

「先ほど話した私が今回別当に任ぜられたのは、十六夜追捕《ついぶ》のためだ」

「よもや、十六夜とは……」

絶句した文博の表情がかき曇る。彼は無論光則の味方だが、もともとは庶民階級の出だ。貴族の暮らしや身分の違いによる生活の格差については、いろいろ思うところもあるだろう。

その一言からでも、文博が十六夜に心を寄せているのは知れた。

「それが果たされなければ、私は無能の誹《そし》りを受けるだろう」

「……そうでしたか」

「そなたも何か知っていれば、教えてほしい」

「勿論でございますとも。ですが、別当となれば検非違使の仕事をこのお屋敷で行うのですか？」

検非違使の仕事は、事務に関しては長官《かみ》の家で執り行うのがならわしだった。

「いや、直道《ただみち》殿が快癒なされば、またお役目をお返しするのだ。我が家にすべてを移すのは面倒だし、暫くは御所で仕事をする」

「かしこまりました」

食事を終えた光則は膳を運ばせると、家人に髪を整えるよう言いつける。

検非違使は武官ではあるが、出仕にあたっての服装はいつもの文官の衣冠《いかん》でよかろう。

湯浴《ゆあ》みでさっぱりすると、漸く昨晩の不快感から解放されたように思えた。

このままでいるものか。

何としてでも十六夜を捕まえて、あの生意気な内親王の鼻を明かしてやる。それどころか、楓の宮の前に十六夜を引っ立ててやりたいほどだ。

年下の娘相手に何を苛立《いらだ》っているのかと思うが、一方で身が奮い立ち、気分がぐっと引き締まってくる。

こんな思いに駆られるのは、滅多《めった》にない。

この歳《とし》で出世できるところまで上り詰めてしまった身の上では、日々がぬるく感じられていたのに、久しぶりに活を入れられたようだった。

「出かけるぞ、文博！」

きびきび声をかけると、文博の顔がぱっと明るくなる。

「はい、光則様。行ってらっしゃいませ」

「当分は休日もなく働かねばならぬな」

「お務めに励まれるのは結構です。が、たまに伺わなくては撫子《なでしこ》の姫様がお怒りになりますよ」

「……そうであった」

すっかり足が遠のいている女人の名を示され、深深とため息をつく。どうせ一時の戯れだったが、長いあいだ文《ふみ》のやり取りをしてやっと思いが通じた矢先のことで、諦めるのが惜しい相手ではある。教養も美貌も、当代のほかの女人たちに引けを取らない。

「帰ってから歌の一つでも持っていかせよう」

「代わりに書きましょうか」

「いや、彼女は私の筆蹟《ひっせき》を知っている。小細工をすれば、よけいに怒らせるだろう」

「かしこまりました。お帰りをお待ちいたします。行ってらっしゃいませ、光則様」

「うむ」

大半の官人は午前に仕事をし、午後は帰宅して自分のことをこなしてかまわない。しかし大納言や別当たちは別で、休日以外は終日勤務しなくてはいけない。そのうえ検非違使たちはその任務ゆえ、いつが休みというわけではなかった。

牛車《ぎっしゃ》にて大内裏へ向かった光則は、今日は真っ先に検非違使庁に出向いた。

着任したばかりの光則を迎えたのは、次官《すけ》の大江《おおえの》政行《まさゆき》なる青年だった。

「次官を務めます、大江政行でございます」

「これからは私の片腕として、よろしく頼む」

「は……！」

片腕と言われた政行は喜びのためか、顔に朱を上らせる。

検非違使に似合わぬ優しい面立ちの人物で、学者筋の大江家の者だと知って納得した。

「大江殿」

「はい」

「早速だが、検非違使の中でも有能な人物を集めて、十六夜の捜索班を組織したい。如何であろうか」

「それは素晴らしい試みと存じます。前任の直道様は十六夜にあまり関心を払っていなかったうえに、ご病気で有効な手を打てませんでした。それもあり、こうして検非違使は何もできぬと高を括り、暴れ回っているのではないかと後悔しているのです」

政行はいかにも悔しげだ。

「そうであったのか。だが、これから挽回《ばんかい》すればよい」

「はい！」

やる気のない上司のせいで、政行は相当苦労していたのだろう。優秀な人材だと聞き及んでいるし、上手く使えばきっと成果を出すはずだ。

「しかし、だからといって、有能な者をすべて十六夜探索に専心させると、都の治安を守るのが疎かになってしまう。そこで、検非違使の者たちの特長を教えてほしい」

検非違使たちはこの都の平安を脅かしている悪人たちを取り締まる役目を負うが、それだけではない。いくら帝直々の命とはいえ、全員を十六夜討伐に専念させるわけにはいかない。そこで、何人かの精鋭を選出し、特別な十六夜対策の組を作るつもりだった。

その人選に一人ひとり面接してもいいが、それよりは内情に詳しい次官の話を聞いたほうが早いと判断したのだ。

「遠慮はいらぬ。そなたが熱心で能力があると思える者を挙げてほしい」

「かしこまりました。ですが、私一人が選べば様々に勘繰る者もおりましょう」

確かに、政行にすべてを任せては、彼の意見ばかりを聞くと思われかねない。そこから不和の種が生じるようであっては、決してよくないだろう。

「では、参考にするゆえ名を見せてくれるか」

「かしこまりました」

まずは、と政行がそそくさと書簡を持ってきた。薄い紙には裏にも表にもびっしりと名前が書き込まれており、やめた者は印がつけられている。紙は高価なので無駄にはできず、読み取れなくなった時点で役目を終えることになっていた。

目を凝らして文字を追っているうちに、慣れぬ真似をする疲労からか昨夜のことを思い出し、腹立ちが込み上げてくる。

「く……」

「あ、あの、光則様？」

自分の説明に何か不足があったのだろうかと言いたげな表情で、政行は阿《おもね》るように聞いた。

「すまぬな、つい。十六夜に対する怒りで手が震えるのだ」

何もかも、あの内親王がいけない。

女人とはもっと可憐で清楚《せいそ》なもの。

それがああつけつけとした物言いをするとは……。

早くに亡くした妻はたおやかで、夫に対して文句など一つも言わなかった。

狭霧《さぎり》だって、そうだ。

もともとは男だが、優美な女性として育ったことも手伝い、彼は女性以上に女性らしさを持っていた。最近でこそ男性としてのしなやかさを見せるようになったようだが、どこかまだ女性の感覚を残している。

「さすがは光則様。任官されたばかりですのに、お心がけが違いますな！」

咄嗟《とっさ》にごまかした光則の言葉を正面から受け取り、政行は感心したようにぽんと膝を叩いた。

「ああ、いや……」

「ご謙遜なさるところも、立派な心ばえです」

頰を紅潮させ、政行はなおも続けた。

「たいていの方は、検非違使別当など名誉職だと思っていますから、そんなに仕事に本腰を入れないものなのです。なのに、光則様は最初から熱心に取り組んでおられる。私も次官として多くの別当に仕えてきましたが、落胆することばかりでした。光則様には感服いたします」

滔々《とうとう》と捲《まく》し立てられて、光則はばつが悪くなり
「褒めても何も出ぬぞ」と釘《くぎ》を刺す。

「何の、その気概で十六夜が捕まれば、我らには大変な名誉となります」

端からは熱が籠もって見えるようだが、どちらかといえばこれは逆恨みに等しい。光則に辱《はずかし》めを与えたのは十六夜ではなく、あの勝ち気な内親王であるからだ。

「まだ何もしていないのだ。褒めるなら、捕まえてからにしてくれ」

「さすが謙虚なお言葉。お心構えが違うのですね」

感心しきった表情の政行に、光則はさすがに居心地が悪くなってきた。

「いいから、めぼしい者の選定を進めよう」

てきぱきと五人を選び、光則は彼らを呼びつけるように政行に頼んだ。今日は無理でも、明日には全員に挨拶ができそうだ。

これから本格的に十六夜を追い詰めてやる。

そうすればあの生意気な内親王も、光則を認めざるを得ないだろう。

「ふむ……」

光則は顎を撫でた。

それにしても、楓の宮の暮らしぶりではまさに『末摘花《すえつむはな》』だ。気の強い姫だからといって、知った以上はあそこまで窮乏させておくのも寝覚めが悪い。

かといって帝に、もっと彼女を顧みてはどうかなどと差し出口を利くのも憚られる。

実親ならば異母兄にあたるのだから、彼に知らせてもよい。しかし、異母妹の面倒をあの貴公子が見始めれば、狭霧がやきもきするような事態を招くかもしれない。

「では、今日はここまでにしておこう」

「はい」

別当としての仕事を切り上げ、政行に別れを告げた光則が大内裏を歩いていると、「亜槐殿《あかい》！」と気さくに声をかけてくる者がいた。

友人の源《みなもとの》良史《よしふみ》は右大臣の五男で参議の座にあり、光則にとっては同年代の競争相手の一人である。彼は政に大した関心はなく、もっぱら美しい女人と契りを交わすことのみに執心している。

ずんぐりむっくりでお世辞にも見た目はよいとは言えないのだが、この男はずば抜けた歌才を持つ。その心の籠もった歌に女人は次から次に口説き落とされ、彼は女たらしの名を恣《ほしいまま》にしているのだった。

「聞いたぞ、検非違使別当を兼帯することになったそうではないか。亜槐殿のますますの出世、めでたいばかりだ。これからは大理殿《だいり》とお呼びしたほうがいいのかな」

亜槐というのは左大臣らの三槐に次ぐという意味での、大納言の職名を唐《とう》風に呼び習わしたものだ。ちなみに大理も検非違使別当を唐風に表現している。

「どちらでもよいが、おかげで忙しくなりそうだ。宰相殿はどうなのだ？」

「歌を考えるのに忙しくてな。政はどうも肩が凝ってならぬ」

「そなたはいつも暢気でいいな」

「そうか？　私とて悩むときはある」

「ほう。たとえば、どんな」

意外な返答に、光則は真顔で問い返してしまう。

「男として生まれたからには、最高の女人を手に入れたい。だが、当代きっての女人とはいったい誰のことか……とな」

「そんな悩みか」

「なんの、単純なだけに悩みは深いぞ」

「羨ましいことだ」

この男はつくづく簡単でいい。そう思ったが、もしかしたら、自分もつい昨日まではこうだったのかもしれない。

新しい仕事を得るまでは、退屈で窒息しかけていたのだから。


葛葉小路《くずのはこうじ》は都でもにぎやかな市場で、世間では庶民の厨《くりや》と言われているらしい。

昼間の外出は禁じられているものの、楓は家人たちの目を盗み、憂さ晴らしにやってきたのだった。

「わあ」

こうして、活気に満ちた光景を眺めるだけで楽しい。

最初は京の南に東西に対となる官営の市場が作られたそうだが、いかにもお役所の決めそうな規則のせいで使い勝手が悪いのだとか。そこでいつしか、行商に歩く振り売りや民間の市場が出現した。

葛葉小路はその一つで、ごちゃごちゃとして統制が取れていない。

それを知って角髪に半尻《はんじり》というありふれた格好で出てきたのに、楓はなぜだか浮いている様子で、行き交う人々に不躾に見られてしまう。

とはいえ、気にしてはいられないので、楓は物売りに声をかけた。

「それを一つおくれ」

「はいよ」

受け取った炙《あぶ》り餅《もち》を食べながら歩いていると、人足《にんそく》たちの噂話が耳に飛び込んできた。

「まったく、十六夜は大したやつだぜ」

ぴくりと躰が強張る。

十六夜の話を出されるのは、嬉しかった。

「ああ、このあいだも受領の但馬守の館に押し入ったっていうじゃないか」

「そうそう。貧乏人たちに施して回ったらしいぜ」

「次はどこに入るんだろうな」

庶民たちが寄せる率直な期待を耳にし、楓もわくわくしてしまう。

普段、日陰の身であるからこそ、よけいに楽しい。もっと話を聞きたくてうずうずしているところに、どこからともなく蹄《ひづめ》の音が聞こえてきた。

ちょうど餅を食べ終えた楓の前に、人を蹴散らすように飛び出してきたのは、武装したものものしい一団だった。

「どけどけ！」

揃《そろ》いの白い狩衣で、騎馬でやってきたのは、検非違使たちだった。検非違使は事務を担当する幹部たちは公家から任命されるが、彼らだけでは荒事には対処できない場合も多く、実際の捜査にあたる少尉は武士が任用されるのが常だ。

楽しげに買い物をしていた庶民たちが、異常な事態を察してぴたりと口を噤む。

「我らは検非違使だ。そなたたちに聞くことがある」

人々は水を打ったようにしんとしている。

「誰か、十六夜のことを知らぬか」

藪から棒に告げられた物言いは、いかにも威圧的だった。これでは皆が怖がってしまい、口を利きたがるわけがなかった。

「女、そなたは」

そばにいた魚売りの女に問うたが、彼女は首を横に振る。

「では……そこの子供。こちらをじろじろと見ておるが、何か言いたいことがあるようだな」

太刀の柄で指し示された楓は、反射的に強い声で答えた。

「いきなりの物言い、無礼であろう」

「何だと!?」

かっと男の顔が朱に染まった。

「我々の上司は大納言様だ。刃向かう意味がわかっているのであろうな？」

しまった。ついいつもの癖で、上から構えた口ぶりになってしまった。

検非違使は居丈高に楓を見据えたが、ものともせずにそれを睨み返す。

「ふてぶてしい餓鬼が！」

検非違使の一人が詰め寄り、楓に手を伸ばす。

咄嗟に横に飛び退《の》くと、虚しく宙を掴んだ男は真っ赤になった。

「待て！」

今度は後ろに跳躍することで避けたため、またしても男の手は空を切る。

「動くな！」

「嫌だ」

もともと楓は身が軽いし、鎧《よろい》やら何やらを身につけている男とは違って小回りが利く。

無論、目立ってはいけないため、あまり身の軽さを見せつけてもいけないのだが、捕まるのはもっとまずい。

人混みの中に突破できるところがあれば、そこから逃げられるのに。

「いいぞ、坊主！」

「見ろよ、検非違使がいいようにあしらわれてら」

居合わせた人々が囃《はや》し立てたので、武士は怒りから蟹《かに》のように顔を赤く染めた。

「何を遊んでいる、俊邦《としくに》！　見てないで捕まえよ！」

馬上の検非違使に名指しされた武士の名前は俊邦というようだ。

「よさぬか、帝に仕えて京を守護する検非違使がみっともない真似をするものではない」

凛とした声があたりに響いた。

決して大音声《だいおんじょう》というわけではないのに、不思議と心に届く麗しい声音だ。

聞き覚えがある声だと思ったが、それだけでは手がかりが掴めない。

逃げなくてはいけないとわかっているのに、もっとその声を聞きたくなるのだ。

そう考える楓の前に騎馬でやってきたのは、冠直衣《かんむりのうし》の青年貴族だった。当色《とうじき》で色味はありふれた二藍だが、斜め格子の三重襷《みえだすき》文様が織られた袍《ほう》は地味でも高価なものだと見て取れた。

「本日はおいでにならないのでは……！」

「たまたま通りかかったのだ。この騒ぎはどういうことだ」

背格好といい声音といい、どうも覚えがある。

「ですが！」

「ここは引け。子供一人捕らえられずに言い訳とは、随分見苦しいぞ」

「！」

突然、思い出した。

つい昨晩、検非違使と名乗って屋敷に押し入った男ではないか……！

顔を隠すべく俯《うつむ》いていた楓は、上目遣いに相手を窺う。当然ながら相手は昨晩とは違う服装なので確証は持てないが、確信に近いものが楓の心を支配している。

生駒が賞賛していた男の顔を見られないのは悔しいが、いっそ逃げ出すべきではないか。

とはいえ、ここで逃げ出せばよけいに怪しまれるうえ、大の男に多勢で追いかけられれば、まず逃げ切れない。夜ならばまだ闇に身を隠せるが、この真昼間では無理だ。

ならば、しらを切り通すしかあるまい。

楓は怯えた様子を装い、視線を落としたまま一言も発しなかった。

「子供相手に本気になってどうする。我々の仕事は市中の警護であって、善良な人々を脅かすことではない」

よほど腹に据えかねたのか、なおも例の検非違使は俊邦とやらを叱りつけている。

「ですが、この子供は妙に怪しく……」

「そう端《はな》から脅かされては、言葉も出まい。怖がってすっかり口を噤んでいるではないか」

「はあ……」

部下と思《おぼ》しき馬上の検非違使も言い淀《よど》む。

おそらく、窘《たしな》めた相手のほうが格が上なのだろう。

楓にとっては好都合の事態だった。

「そこな子供、すまなかったな。この者は職務に熱心なだけで、悪気はなかったのだ。だが、公家のご子息が斯様なところに来るものではないぞ」

昨晩のやり取りが嘘のように、男は静かだった。

「はい」

視線を落としたままわずかに頭を動かして答えると、男は「如何した」と楓の前で足を止めた。

「な、何がですか」

「先ほどからずっと下を向いているが、気分でも悪いのか？」

どうしたもこうしたも、顔を見られたくないだけだ。とはいえ、男は足を止めて立ち去らない。

「捜査のためとはいえ、悪かったな」

斯くも優しく労《いたわ》るような声も、出せるのか。

けれども、先だっての堂々たる振る舞いを知っているだけに、油断はできなかった。

「……いえ」

怖くはないが、この場を切り抜けなければならないという緊張から、心臓がばくばくと激しく脈打っている。

そうだ。恐怖などではない。

こんな無礼な男になど、恐怖を感じるものか。

「ならば面を上げ、私の顔を見よ」

「なにゆえですか」

あまりぶっきらぼうな口調になると怪しまれそうだが、尖った声で問う。

「安心したいからな。泣いているのではないかと」

「誰が！」

がばっと顔を上げた途端に、こちらを見下ろす男と目が合った。

彼はにやりと笑い、「やっと顔を見せたな」と言う。

挑発に乗ってしまうとは、我ながら愚かな真似をしてしまった。

それにしても、何とも見事な。

絵巻に出てきてもおかしくないような、整った顔立ちの爽然《そうぜん》たる貴公子だった。

なんて男らしく、美しい顔立ちなのだろう……。

思わず見惚れてしまう。

「どうした？」

「元気ですし、恐ろしくもないです。それでは、これで」

そのまま踵《きびす》を返そうと身を翻したところで、ぐっと腕を摑まれた。

痛い。

「ッ」

彼は軽く握っただけなのかもしれないが、ぎりぎりと締めつけられているようで楓は内心で顔をしかめる。

だが、極力弱みを見せぬためにも、それを表情に出さぬよう努める。

「待てと言っているだろう」

一転し、冷えた声だった。

怖い。

腹の奥底まで冷やされるかのような、氷の如き声だ。

「そなたの声に聞き覚えがある」

「聞き間違いでしょう」

失礼な態度に取られぬように、それでいて、下手を打って捕まったりしないように。

心中では全身の毛を逆立てつつも、楓は細心の注意を払っていた。

「何より、その香りに覚えがあるのだ」

ひやりとした。

袖に香を焚《た》きしめはしないが、普段から部屋で香を焚《か》いているので、匂いがつく可能性はある。微かな香りに気づくとは、恐るべき注意力だった。

「白蓮門院《びゃくれんもんいん》様のところでお世話になっております。本日もそちらへ向かう最中で」

こうなった以上は仕方ない。最後の手段ではあるものの、出家した祖母の名前を出す。そうでなくてはこの男は納得しないだろうと、予想がついていたからだ。

「おや、女院《にょいん》様の……言われてみればそこで嗅《か》いだのかもしれぬ。ともあれ、屋敷まで送ろう。ちょうど方角が一緒だ」

冗談じゃない。

「いいえ！　まだ買い物がありますゆえ！」

思いの外強い口調で拒絶すると、男は微かに目を瞠《みは》ったものの、すぐに余裕ありげに微笑した。

「そうか。——急いでいるところ、引き留めてすまなかったな」

やっと解放してもらえると、男に背を向けたまま楓は安堵の息を吐く。

「ところで、子供」

「何ですか」

子供じゃないし、それに名前だってある。

反発しかけたものの、楓は刺々《とげとげ》しい気持ちを押し隠して慇懃《いんぎん》に問うた。

「そなた、十六夜の噂を知らぬか？」

何だ？　この男に、自分は試されているのか……？

ぐらりと心が揺らぐのをまざまざと感じたものの、その焦燥を呑み込んだ。

「知りません」

「ふむ……そうか」

一拍の沈黙は何を意味している？

不安に心臓が震えている。鼓動が耳の奥で響き、うるさいくらいだ。

だが、これは恐怖ではない。あの男を相手に怯えたりするものか。

「もう行ってもよい。買い物があるのだろう」

「はい」

その場から一刻も早く去りたい気持ちを抑えつけ、楓はわざとゆったりした足取りで歩きだした。

あとから恐る恐る手を開いてみると、握り締めていた掌は、無様にも汗でぐっしょりと濡れていた。

四、藤

今宵は十六夜《いざよい》。

少しずつ季節は初夏に近づいているようで、前回の盗みから十日余りが経過していた。

楓《かえで》がそろそろと屋敷から抜け出すと、黄みがかった月が山の端から上り、都を煌々と照らし出していた。都には藤の花が咲く季節で、その淡い紫が何とも愛らしい。

松明《たいまつ》がなくても転ばずに歩けるほどの明るさでは、盗みを行うにはまずまずだ。

検非違使《けびいし》たちは躍起になって十六夜《いざよい》を探しているらしく、今日のところは絶対におよしくださいませ、とさんざん生駒《いこま》に言われていた。そのうえ泣き真似までされて裾に取り縋《すが》られたけれども、こういうときに弱虫風に吹かれて引き下がるのでは、楓の信念に悖《もと》る。

これで生駒に先日の葛葉小路《くずのはこうじ》での一件を打ち明けていたら、彼女はもっと強硬な手段に訴えていたはずだ。たとえば寝所に括りつけられ、出歩くことなど不可能だったかもしれない。

「ふん」

楓は小さく鼻を鳴らす。

受けた恥辱を、絶対に忘れるものか。

とにかく都の治安を司る検非違使というものに一泡吹かせてやりたい気分だった。

こうなると、最早逆恨みや意地に近いのかもしれない。

しかし、楓とて無策で挑むわけではない。

今日盗みに入る受領《ずりょう》の家にどのような財宝があるか、どこにしまわれているかは、前もって調べている。葛葉小路で知り合ったこの家の下人がいろいろ教えてくれたし、いつものように男装して近辺を歩き回り、調べはついていた。

「見ているがいい」

貴族の屋敷は多かれ少なかれ似たような様式なので、侵入は難しくない。なおかつ楓自身が寝殿造りの屋敷に住んでいるため、構造は身を以《もっ》て知っていた。

屋敷の外側は築地塀《ついじべい》がぐるりと巡らされているが、侵入する策は既に練ってある。

懐からおもりを取りつけた縄を取り出すと、それを腕に巻きつける。そして、おもりの部分を勢いよく邸内の樹木に向かって投じた。

何度も練習していた甲斐があり、縄が太い枝にぐっと巻きついた。

力を込めて数度縄を引き、枝にしっかりと絡まったのかどうかを確認する。

「いいな」

独り言を呟いた楓は縄を両手で摑むと、勢いをつけて地面を蹴った。

縄を手繰り寄せながら築地を数回蹴れば、楓は造作もなく塀の上に乗ることができた。

ここに留まっていては目立つだけなので、楓はあたりを見回してから、素早く邸内に飛び降りた。

躰が庭木にぶつかって想像以上に大きな音が立ち、ひやりとしてしまう。

暫くその体勢で息を潜めていたが、屋敷の中で誰かが動く気配はない。ただ、さらさらと池の水が流れる音がするばかりだ。この家は鴨川《かもがわ》から水を引かせたのが自慢と聞いている。こんなときでもなければ、さぞや風雅な調べに思えただろう。

楓は木陰に潜り込んだまま、持参した布で口許を覆う。塀の外からは一目瞭然なのでできれば縄も切り落としたいところだが、それでは退路がなくなってしまう。

ここからは、時間との勝負になる。

勢いよく走りだした楓は、一目散に床下に潜った。たとえ半蔀《はじとみ》が完全に閉まっていたとしても、床下を通れば、いずれはどこかしらへ上がれるだろう。

人気がないであろう場所の一つが、厨《くりや》だ。

細い光と匂いを頼りに、楓は厨房《ちゅうぼう》を探す。

「ッ」

途中で鼠《ねずみ》が飛び出すわ、顔に蜘蛛の巣が張りつくわと酷いものだったが、何とか声を出さずに耐えた。早く目的を達しなくては。

そうでなくとも、煌々と明るい十六夜だ。縄は目立つし、さっさと仕事を終わらせて回収しなくてはいけない。縄を使って塀を乗り越えるのは初めてだが、何事にも用心は必要だ。

「ここか……」

ごそごそと厨房に這い出すと、案の定、火を落とした場所には誰の姿も見当たらなかった。

ここから廊下を辿《たど》って塗籠《ぬりごめ》へ向かい、宝物を奪う。

それにしても、拍子抜けするほど警備が手薄だった。未だに十六夜騒ぎが続いているのに、ここまで情報どおりなのは、少々腑《ふ》に落ちない。

確かにそれなりに警備の連中もいるようだが、楓は貴族の館の造りを熟知している。

彼らの目をかいくぐり、宝がしまわれているはずの塗籠に近づくのは簡単だった。

大きな屋敷は基本的に四方には壁がなく、几帳や簀子《すのこ》で隔てられている。用途に応じて仕切るので、自在に空間を使える。しかし、例外的に四方を厚く壁で塗り込めた空間を塗籠といい、寝所や大事なものの保管に使用する。

塗籠の周囲には、人気《ひとけ》が感じられない。寝床になっていては無理だと思ったが、季節柄塗籠では暑いのだろうか。隣の間に御帳《みちょうだい》台がしつらえてあり、屋敷の留守を守るであろう受領の妻が眠っている気配がした。

楓はそっと戸に手をかけ、わずかに開ける。

——いける。

するりと塗籠に足を踏み入れた楓の背後で、物音が聞こえた。

途端にあたりが暗くなる。

「!?」

戸が閉ざされたのだ。

慌てて戸に取りつきかけたそのとき、誰かが楓の腕を摑んだ。

「あっ」

そのまま、腕を勢いよく引っ張られる。

厚い胸板に抱き寄せられ、楓は見知らぬ相手の胸に顔を埋《うず》める羽目になった。

固く逞しい肉体は、男のものだ。

それに、どことなくいい匂いがするようで……、もしや、この男は忍んできた楓を相手と間違えたのか。

しかし、男に夜這いをする女人などいまい。

となれば。

「離せ！」

罠《わな》だ。事態を察した楓が悲鳴を上げると、相手が低く喉を震わせて笑った。

「じっとせよ」

この声……！

間違いない。あのとき楓の屋敷に踏み込んだ、不調法で忌々しい検非違使ではないか。

「やっと捕まえたぞ、十六夜。そなたとの逢瀬《おうせ》を何度夢見たことか」

自分を抱き竦めて不敵に笑う男に、楓はぞっとした。

この男は、人知れず酷薄なものをその心のうちに押し隠している。そんなことを予期させる、冷え冷えとした声だった。

「どけ！」

腕に何かが巻きつけられ、縛られているのだと直感したが、抗《あらが》おうにも体格差が大きすぎる。

「嫌だ！　よせ！」

「暴れるな」

暴れるに決まっているだろう！

楓を容易《たやす》く押さえ込み、男は分厚い戸の向こうに向けて声をかけた。

「私だ、開けよ」

無礼者と言いかけたところで腕を引きずられ、ちょうど開いたばかりの戸から外へと突き飛ばされた。

地面に倒れ伏した拍子に激しく胸を打ち、刹那、息ができなくなった。

月明かりが眩《まぶ》しい。

短く呼吸を繰り返す楓が動けずにいるのを幸いとばかりに、男が顔を覆っていた布地を取り去る。

「………」

一瞬、男が息を呑んだ気がした。

思わず顔を背けたものの、相手は手を伸ばして強引に楓の顔を自分のほうに向かせる。

思ったとおり、あの男だった。

彼は驚嘆すら帯びた目で、楓を見つめる。

「な、何だ」

「先日の子供だな。それにしても美しいものだ」

真っ向から褒められて、頬が熱くなるのを感じた。

「顔など関係あるまい！」

怒りから強い声を発すると、男はくっくっと喉を震わせて笑う。

「盗賊よりも、稚児《ちご》にでもなったほうが楽であろうに」

「くだらぬ！」

吐き捨てるように言う楓を冷酷なまなざしで見下ろし、男は冷笑を浮かべたまま口を開いた。


「そなたにはいろいろ聞きたいのだ。活きがよければそれはそれで幸いだ」

「何だと？」

「折角捕らえた十六夜の一味だ。嬲《なぶ》り甲斐がなくてはつまらぬだろう？」

嬲る、だと？

吐き気すら覚える楓の心境に気づいたのか、それとも無視しているのか。男は軽々と楓の躰を起こすと、自分の肩に乗せた。


「離せ！　ふざけるな！」

怪しい少年は稚《いとけな》く美しい顔立ちをしているくせに、その暴れようは凄《すさ》まじいものだった。

髪を垂らして後ろで一つに括った垂髪《すいはつ》は、貴族であれば元服前の年頃だ。

子供の抵抗など大したことはないと高を括ってい

た光則《みつのり》だが、彼は肩に担いだときからずっと罵声を飛ばし続けている。多少は弱気になったり泣いたりするのではないかと予想していたのに、そんなしおらしさはまるでなかった。

とはいえ、罵声の内容には下品さが皆無で、寧ろいったいどこの御曹司を捕まえてしまったのかと訝ってしまう。

「まったく、なにゆえにそなたは斯くも元気なのだ。少しはおとなしくせよ」

空が白む前に左京一条二坊《にぼう》に位置する検非違使庁に連れ帰ったはいいが、少年は牛車《ぎっしゃ》の中でもさんざんに暴れた。

縛り上げたのに幾度となく臑や腹を蹴られ、光則は苛立ちを隠し切れなかった。

だが、取り調べをすべく検非違使庁の一室に押し込めた途端、彼はぴたりと静かになった。

取り調べのための部屋は狭いうえに薄暗く、昼間でも火を灯《とも》さねばならない。

「どうした？　先ほどの威勢のよさが嘘のようだな」

「…………」

沈黙を選んだ相手の端整な顔を見下ろし、光則は考えを巡らせる。

さて、どうやって相手を攻めるべきだろうか。

「先日は角髪《みずら》であったが、公家の子息ではあるまいな。名前を言え」

「…………」

予想していたとおり、返答はない。

「言えぬのか？」

育ちのいい少年であれば、少し脅しつけてやれば効果があるかもしれない。

「おい」

光則は少年の顎を乱暴に摑み、目を合わせた。

相手の頑なさには辟易《へきえき》していたが、それを措《お》いてもなお、美しい少年だった。

特筆すべきはその目だ。

潤んだように大きいが、どこか意志の強さを感じさせるくっきりとした眦《まなじり》。

尖った鼻筋に、ぽってりとした唇。

光則の弟の狭霧《さぎり》は成長する前はずば抜けて麗しい少年だったが、彼とはまた違う、抜き身の刃《やいば》のような鋭さを備えていた。何もかもが鮮烈で、力強いとでもいえばいいのだろうか。

それゆえか、見惚れてしまう。

なんて綺麗《きれい》な、澄んだ目をしているのだろうと。

しかも、それはただの清澄さではない。

もっと胸を掻き乱されるような、悲しくなるような、それでいて愛おしくなるような。

そんな不可解な感情を呼び覚まされそうになるのだ。

「…………」

唇を閉ざしたまま、少年がゆっくり瞬《まばた》きをし、長い睫毛が魅惑的に揺らぐ。

彼の何もかもがあまりにも美しいので、先ほどからつい見入ってしまう。

そんな常ならぬ自分の行動に気づいて、光則は咳払いをした。

「今一度だけ、問うてやる。そなたはいったいどこの誰だ」

「答えぬ」

漸く一言だけの返答を引き出し、光則は苦笑したくもなった。尖った態度には腹が立つものの、なぜかもう、怒りは込み上げなかった。

「答えぬのでは取り調べは終わらぬな。そなたを帰せぬぞ」

「…………」

「十六夜本人を知っているか？」

斯くも大胆な手口で盗みを働いた十六夜が、こんな子供のはずがない。

おそらくこれは、替え玉か一味の誰かなのだろう。

その証に、先日も不用意に白蓮門院《びゃくれんもんいん》の名を出した。十六夜のような賢い盗賊が、皇太后の名を口走るとは思えなかった。

「名前さえ教えれば、水くらいやるぞ。何しろ、おまえを捕らえてから半日は経ったからな」

黙秘を貫く少年は、一瞬、口惜《くちお》しそうな顔をする。

思ったとおり彼の表情に疲労の色が見え、喉の渇きを感じ始めているようだった。

「これから腹は減り、眠くもなるだろうな。だが、いずれも許すつもりはない」

「な」

「私は暴力はあまり好きではないからな。もっと緩やかな方法で、おまえの詮議を行う」

つまり、これは一種の拷問だ。

少年は蒼褪《あおざ》めていたものの、きつく唇を結ぶ。

しかしそれでも口を利く気はないのか、その唇は依然として固く引き結ばれている。

このふっくらとした唇にくちづけたら、どれほどやわらかく甘いのだろう。

光則は唐突に、そんな想像に駆られてしまう。

……馬鹿な。

いったい自分は、何を考えているのか。

「それでも名前すら言う気はないと？」

「ない」

彼が口を開いたと思えば、それだけだ。光則は苦笑し、思わず彼の頭に触れていた。

びくりと少年が怯えた様子を見せたものの、気に留めてやらなかった。

「本当に……強情なやつだ」

ここまで頑なに沈黙するのであれば、かえって疑いは深くなる。

要は、彼が十六夜とは切っても切れぬ関係にあることの裏返しではないのか。もし無関係の人物であれば、もっと取り乱すだろう。

「悪いな。私とてこのようなやり口は好きではないが、時間がない」

すっと光則が立ち上がるのを視線で追い、少年が自分を凝視する。

太刀の柄を握り締め、光則は冷ややかな視線で小柄な少年を睥睨《へいげい》した。

「何をする気だ」

「言わぬのなら、言わせるまでだ」

漆塗りの鞘《さや》で打擲《ちょうちゃく》すべく光則が太刀を振り上げたが、少年は目を閉じようともしなかった。

なんという胆力なのかと、光則は舌を巻く。

鞘を勢いよく振り下ろしかけたそのとき、廊下側から忙しない足音が聞こえてきた。

「申し上げます！」

「……何だ？」

やって来たのは、次官《すけ》の政行《まさゆき》だった。走ってきたらしく息を切らせ、顔は真っ赤になっている。

「たった今、白蓮門院様からのお遣いが」

「女院《にょいん》の？」

つい先ほど考えていた皇太后の名前を出され、光則はゆるゆると手を下ろす。

嫌な予感がした。

「はい。その少年は女院がお預かりしているさる貴族のご子息だそうで、速やかに帰すようにと」

「…………」

光則は舌打ちをしたくなったが、自分を見上げる少年の瞳に勝ち誇ったような明るい光が射《さ》したように思え、努めて冷静さを保つ。

悔しいが、白蓮門院の意向は無視できない。

「どこの誰とは知らぬが、命拾いしたな」

光則は冷淡に言い放つ。

「だが、この先そなたが無茶をすれば、女院にも累が及ぶ。それだけは忘れるな」

「そなたには関係ない」

「な」

苛立ちが込み上げたものの、ここは抑えなくてはだめだ。

光則は怒りを堪えつつも少年を送り出したが、政行にそっと目配せをする。有能な補佐官は心得たように、小さく頷いた。


「まったくもう、あなたという人は……」

廂《ひさし》に通された楓を見下ろした白蓮門院は、ふう、と大きくため息をついた。

侍女に御簾《みす》を上げさせ、心配そうなまなざしでこちらを見つめる。

御年五十の白蓮門院は、楓や今上の祖母で有髪《うはつ》の尼だった。そろそろ髪を下ろそうと話しているのだが、孫たちが心配でなかなかその気になれないようだ。

「ごめんなさい、おばあさま」

検非違使の尋問から何とか切り抜けられたのは、検非違使の遣いが訪ねたことで、逆に楓の窮地を悟って下人を遣わしてくれた彼女のおかげだった。

間抜けにも、あの検非違使は、折角捕らえた楓が十六夜本人だとは見抜けなかったようだ。

それ一つ取っても、あの男が優秀とは正反対な人物であるとわかろうというものだ。

「ごめんなさいではすみませぬよ」

白蓮門院は、楓を慈しみ、庇護《ひご》してくれる唯一の存在でもある。主上をはじめとして皇族を避けている楓だったが、白蓮門院と実親《さねちか》だけは別だ。

彼女は無論、楓が少年だと知っている。だが、それを知らされたのは既に今上が即位したあとだった。下手に動けば楓が流罪にされるのではないかと案じ、結果として見過ごしてしまったのを未だにひどく悔やんでいるらしい。

当然ながら、悪いのは白蓮門院ではない。

楓を女として育てた母であり、そうせざるを得なかった宮廷であり、そして不遇の弟妹をうち捨てている兄の不実だった。

「その小袿《こうちき》を差し上げます。まずは着替えなさい」

真新しい小袿は、白蓮門院が身につけるにはいささか若い柄だ。

「ちょうどそろそろ新しい衣をと思っていたのです。あなたの暮らしぶりでは衣を仕立てるのも、難しいのでしょう?」

「はい、おばあさま」

おそらくずっと前から用意していたのだろうが、男性に戻りたいと願う楓の気持ちを尊重し、渡しかねていたのだろう。

ここから出ても男のなりではまた捕まりかねないと案じていたので、彼女の気遣いには感謝せざるを得なかった。

楓が頷くと、脇息《きょうそく》に凭《もた》れた白蓮門院は悲しげに首を横に振った。

「帝も悪い人ではないのですけれど、なかなか気が回らなくて……おまけに近頃の不作で帝といえども裕福ではないときているのです」

「いいのです。私はこのままで……」

「よくはありませんよ、楓の宮」

白蓮門院はいきなり険しい表情に変じ、楓を真っ向から見据えた。

甘さをそぎ落とした声に震え上がってしまい、無意識のうちに楓は背筋を伸ばす。

それほどまでに、白蓮門院の声は厳しかった。

「はい」

「そなたとて、うち捨てられているのは、さぞや悔しいでしょう。ですが、だからといって帝の政を妨げてはなりません。それでは子供の駄々《だだ》ですよ」

嚙んで含めるような物言いに、小袿を羽織った楓は項垂《うなだ》れる。

白蓮門院に自分が十六夜だと打ち明けてはいないが、彼女の眼力ではきっとそれを見抜いているのだろう。

確かに、同じ貴族からは褒められると思ってはいなかったが、こうも真っ向から咎められると悲しくなった。

結局、楓の行為の意図を解してくれるのは民衆だけなのだ。

「しかも、此度任官された検非違使別当《べっとう》は、かなりのやり手と聞いています。今までのように、お飾りの長官《かみ》ではないのでしょう」

「あんなやつ……」

「いいですか、楓。あなたは世の中を知りません」

年老いた祖母に断じられると、ずきりと胸が痛んだ。

楓が外の世界を知らないのであれば、それは、自分を見捨てた母と兄のせいだ。

楓のせいではないはずだ。

「あなたはやりすぎてしまったのですよ。今も、この屋敷まであなたを尾《つ》けてきた相手がいるとか」

「え!?」

驚きに顔を跳ね上げると、白蓮門院は薄く微笑んだ。

「おそらく、わざと見つかったのでしょう。うちのおっとりした家人たちの目につくくらいですから」

即《すなわ》ち、いつでもおまえを調べられるぞ、という意地悪な意思表示のわけか。

つくづくあの男らしいやり口だった。

「二、三日はこの家に逗留《とうりゅう》なさい。それから、当分はおとなしくすることです」

やはり、気づかれていたのだ。

「でも、それで十六夜が現れなくなれば私だと言っているようなものです。今更、やめたりできません！」

そう訴えるのが、楓なりの必死の抵抗だった。

わかっている。

そんなことを口にしても、何にもならないと。

「それでもやめればよいでしょう。何事にも潮時はあるのですよ」

「それでは、今日迎えを出してくださったおばあさまのことも危険に……」

「楓」

不意に、祖母の声に力が籠もった。

「その判断ができるのならば、なぜ、今まで慎まなかったのです？」

優しいが厳しい声音に、ぐうの音も出なくなる。

「わたくし自身の身は、わたくしが守ります。あなたは自分のための策を練りなさい」

「……はい、おばあさま」

長きに亘《わた》って世の中を眺めてきた祖母の言うことは、何もかもが正しい。

……でも。

それでは楓の意地はどうなるのか。消えてしまってもいいというのだろうか。

これはただの嫌がらせでも、遊びでもない。

楓の人としての叫びだ。

見てほしい。気づいてほしい。この世に楓という存在がいるのだと。

それは、まさに魂の咆吼《ほうこう》にも等しいものだった。


「――申し訳ありません」

昼御座《ひのおまし》に呼ばれるなり深々と頭を下げた光則に、帝は驚いたように「どうしたのだ」と問うた。

「折角お引き立ていただいたのに、もう二度も十六夜めを取り逃しております。それが噂になり、庶民たちはいっそう十六夜を崇《あが》める有様……これでは検非違使別当として情けないばかりです」

白蓮門院の家に向かった少年の跡を尾《つ》けさせたが、これは失敗に終わった。二日経っても彼は屋敷から出てくる兆しはなく、諦めざるを得なかった。

「そなたが悪いわけではない」

帝はそう言ってくれるが、それでは引き下がれない。

仮に別当に任命されたのが実親であれば、もっと上手くやったのではないか。

そんな考えがちらちらと脳裏を過《よぎ》り、落ち着かなくなるのだ。

「ところで、光則よ。そなたに最近覇気がないと聞き及んでいる」

「申し訳ありません」

そこまで帝に気を遣わせてしまうのは、さすがに臣下として惨めだ。本来ならば臣下こそが帝を支え、愁《うれ》いない政を実現しなくてはいけないのだ。

「やはり妻を娶るべきではないか？」

二月《ふたつき》ほど前にその話が出たが、まさかこの期に及んで蒸し返されるとは。

「いえ……そもそも、お役目と妻と、どう関係あるのですか？」

「己の暮らしが満たされなくては、仕事にも身が入らぬだろう」

「そんなことはありません」

さすがに光則はむっとした。

独り身だから仕事に身が入らないと断じられては、侮辱も甚だしい。

「私ももう若くはありません。釣り合うような年齢の姫君には心当たりが……」

「我が妹がいる」

「え？」

「腹違いの楓の宮だ。そなたも知っているだろう」

あの変わり者の姫君を、忘れたりするものか。

あばらやでも平気で暮らしている、無愛想で気の強い姫を妻にせよだと!?

当然ながら、冗談ではない。

もしや、あのときの出会いを楓の宮が言いつけたのではないか。

そんな疑いさえ抱いたが、帝はにこやかだ。

「多少年齢に差はあるが、我ながら妙案であろう」

「恐れながら、身に余るお話です」

光則が間髪を容《い》れずに言い切ったせいで、今上が驚いたように「は?」という気の抜けた声を出した。

「そなた、本気でそう申しておるのか!?」

「あ、いや……」

無論、不用意な返答とはいえ本心からだった。

帝からの直々の要請で、妹君を娶れという言葉は有り難いものなのだろう。

けれども。

「守るべき存在がいれば、そなたもいっそう仕事に身が入る。どうだ、光則」

おそらくは蔵人《くろうど》あたりが適当なことを吹き込んだに違いない。怒りで光則は苛々《いらいら》したものの、ここで堪忍袋の緒が切れては、帝との関係にひびが入りそうだ。

「申し訳ないのですが、私は十六夜一人捕まえられぬ身の上。おまけに年齢も上ですし、内親王様を娶るには分不相応と存じます。如何でしょう、参議の源《みなもとの》良史《よしふみ》殿あたりでは」

よけいなお世話だと一刀両断したかったものの、それを口にしては身の破滅だ。怒りを堪え、代わりに別の男を斡旋《あっせん》する。

「良史のような悪い噂の多い男に、大事な妹は任せられぬ」

大事というのならば、どうして姫をあのような陋《ろう》屋《おく》に押し込めておくのか。我が主《あるじ》ながら、つくづく思いやりに欠けているとため息もつきたくなった。

「よもや、我が望みを叶《かな》えられぬとは申すまい？」

最近では随分丸くなったとはいえ、もともと今上は性格は穏やかとは言い難い人柄だったと思い出す。

「暫く考えさせていただけませんか」

「よかろう」

諸手《もろて》を挙げて歓迎というわけにはいかないという光則の様子に、帝はすこぶる不満げだったが、不承不承を収めてくれたのが有り難かった。


よりによって、楓の宮と結婚だと？

そんな馬鹿げた話を受けるのは御免だ。

ともあれ、一応は縁談について父と共有しておかねばならぬので、光則は実家に立ち寄った。

「ほう、楓の宮様を？」

「そうなのです、父上」

「よい話ではないか！」

光則が実父のところを訪れてそう報告すると、正《まさ》光《みつ》は嬉々《きき》とした様子だった。

「……はあ」

それに比べて自分の気乗りのしなさはどうだ。

我ながら自嘲したものの、己の気持ちにはどうしても嘘をつけない。それが妻を娶るという重大事であれば、尚更《なおさら》だ。

「なのに、どうしてそんなに不満そうなのだ」

「私は妻などいりません。息子も娘も、乳母たちと母君のおかげで健やかに育っております」

光則の言に、正光は首を横に振った。

「甘いぞ、光則。我々にとって結婚は足固めに必要不可欠ではないか」

「お待ちください。今や、我が家は盤石ともいえるほどに、十分に足場を固めているではありませんか」

「それは単なる油断だ」

ぴしゃりと言われて、光則は眉を顰《ひそ》めた。

「確かに我が一族は、ほかの貴族には先んじているかもしれぬ。しかし、それは私が作った足場で、そなたの力は微々たるものだ」

「………」

尤も、その足場も狭霧の一件のせいで、結果的には、帝に借りを作った状態なのだが、棚に上げるのは正光らしい。

ここで狭霧の件を持ち出せば、帝との貸し借りを解消するためにも内親王との縁談を進めよと藪蛇になりかねない。

まさに、貴族の世界は棘《おどろ》の路《みち》だ。

「わかったのなら、妻をもらうのだ。よいな？」

光則は頭を下げ、父の前から退いた。

落胆していた。

無論、独力でここまで昇進したとは思っていない。

しかし、父の威光で出世したあと、今度は妻の力を使えと？　そのために内親王を娶らせるのは、光則に対しての侮辱にほかならない。

光則はぎりぎりと奥歯を噛み締めたが、腹の虫は収まらない。

……いや、待てよ。

あの気の強い内親王のことだ。

もしかしたら、今更政略結婚の道具に使われるのは嫌だと主張するかもしれない。

いずれにせよ、光則自身には決定権はないに等しい。

光則の名前を知っているかは不明だったが、姫が拒む一縷《いちる》の可能性に賭けるしかなかった。

御簾の向こうから、仄かによい香りが立ち上るようだ。

楓の宮に仕える数少ない侍女は、思いがけない来訪者にすっかり色めき立っている。

「結婚……でございますか」

兄の遣いとして久々にやってきたのは、やはり腹違いの兄である実親で、今日はとんでもない話を持ち込んできた。

「そうなのだ」

「冗談ではありませんよ、中納言様」

楓の代わりにそう言ったのは、生駒だった。このところとみに声が低くなってしまったので、楓は生駒とも必要最低限しか話さなかった。

幸い姫君は奥ゆかしいのがよいといわれるので、殆ど口を利かずとも、非礼と受け取られたりはしない。

「私は楓の宮に聞いているのだよ」

「……嫌です」

蚊の鳴くような声で返事をすると、実親は「なぜかな」と畳みかける。

そもそも、自分は男なのだ。

いくら隠れ住んでいたとはいえ、皇族としての矜《きょう》持《じ》はある。晒し者にされる人生だけは避けたかった。

「相手も聞かずに嫌だは通りませんよ、宮」

「では相手はどちらなのです？」

生駒が問うと、実親は艶やかな微笑を浮かべた。

「藤原光則《ふじわらのみつのり》様です」

「光則様は……左大臣のご子息……つまり大納言と」

「はい」

生駒は「それなら悪くはなさそうだ」とでも言いたげな面持ちだったが、彼女は衝撃的な事態を前に大事な前提を失念している。

楓には、結婚などできるはずがないのだ。

それを忘れてもらっては困る。

「帝の信任も厚く、ついこのあいだは検非違使別当を任されました」

「検非違使？　大納言なのに？」

検非違使別当はいわば名誉職なので、大納言が兼帯することはあまり多くないはずだ。

生駒が怪訝な反応を示すのも、尤もだった。

「そうですよ。近頃盗人が出没するので、都の治安をよくしようと帝は考えておいでなのです。それに抜擢《ばってき》されるほどに、有能な方なのですよ」

「………」

十六夜を捕らえられぬ検非違使が有能とは、片腹痛かった。

彼らは何度も楓を追い詰めている割には、ちっとも尻尾を摑めないではないか。挙げ句、捕まえた楓をまんまと逃がしてしまったのだから。

あれから楓は盗みは働いていないものの、そろそろ再開させようと企《たくら》んでいたところだ。けれども、新たな別当を任命するほどに、帝が本気で十六夜捕縛を望んでいるとは思わなかった。

結婚してしまえば、十六夜稼業は無理になる。

それに、今更、結婚なんて滑稽な真似ができるわけがない。断り切れずに結婚すれば、相手に性別が知れてしまう。

そうなれば、男をあてがわれた光則とやらが、黙っているわけがない。

帝に訴え出るだろうし、自分の性別が露見すれば、最悪、主上を謀《たばか》っていた咎で死罪も免れないだろう。

「どうせ……」

「ん？」

「帝は忘れていたのでしょう、私のことなど」

か細い声で、楓はそれだけを述べた。

「……だからこその罪滅ぼしです。大納言様なら、あなたをきっと幸せにしてくださるでしょう」

それでも、そこに楓の幸せはない。

どちらに転んでも罪人にしかなれぬというのなら、楓はどうやって自分の生きる証を刻めるというのか。

「それでも、嫌です」

閉じ込められ、押し込められているだけの人生なんて御免だ。

楓はきっぱりと言い切ったが、実親は厳しかった。

「残念だが、否とは言えませんよ」

「どういうことですか」

「帝は本気です。嫁に行きたくないのであれば、尼《あま》寺《でら》へ行けとおっしゃっています」

それこそ、身の破滅ではないか。

これから来る未来への暗い予感に身震いし、楓はぎゅっと掌を握り締めた。

五、牡丹《ぼたん》

あひ見まくほしは数なくありながら
人につきなみ惑ひこそすれ
紀有友《きのありとも》

斯《か》くして、光則《みつのり》と楓《かえで》の宮《みや》の婚礼の日がやってきた。

当世では、婚儀の手順に明確な決まりはない。

男が女のもとに三日続けて忍び通いをし、三日目に「三日夜《みかよ》の餅」を食す儀式を執り行う者もいれば、それこそ光源氏《ひかるげんじ》と紫《むらさき》の上《うえ》のようになし崩しで一緒になる者もいる。または、最初から結婚を高らかに宣言し、三日間堂々と妻の家に通う者もあった。

だが、光則はあえてそれらの手順を踏まなかった。

というのも、妻を迎えるには今の光則が住む屋敷はあまりに手狭だったからだ。

しかし、侍従池領《じじゅういけのりょう》そばのあの陰気な楓の宮の屋敷では、たとえそれなりに手を入れても通いたくない。

そのうえ、いくら何でも宮様をあのあばらやに留めたままでは、光則の評判も落ちよう。

となれば新たな屋敷を建築する必要があるのだが、少なくとも半年はかかるので決めかねていたところ、とある受領《ずりょう》が竣工《しゅんこう》したばかりの豪華な屋敷を安価で譲ってくれたのだ。正光《まさみつ》が以前、彼を受領に任官した礼なのだという。

これで姫君を住まわせる屋敷ができたと、光則は家人たちを新たに雇い入れ、もともとの侍女たちと楓の宮の身柄をそこに移した。光則のための対屋《たいのや》も用意されているが、基本的に妻のもとに通うかたちになるので、夫婦であっても別々に暮らす。

婚姻自体には葛藤もあった。不満もあった。

だが、家のためには仕方がないと言われてしまえば、光則も拒めない。何よりも、光則は帝に狭霧《さぎり》の件で借りがある。

様々な感情がない交ぜになりつつも、婚儀の具体的な日程は正光が段取りを決めてしまった。楓の宮はひっそりと裳着《もぎ》を済ませたそうで、いよいよ残すは婚礼のみだった。

「姫はどうだ？」

先に屋敷を訪れ、婚儀の準備をしていた家令の文《ふみ》博《ひろ》に尋ねると、彼は首を横に振った。

「まだ、お声すら聞けておりません」

「そうだったのか。よほど堅物の姫と見える」

光則はため息をつく。

婚礼の夜は、花嫁の家で紙燭《しそく》を灯《とも》して花婿を出迎え、帳《とばり》の前の燈楼《とうろう》に両家の火を合わせて点ける儀式の『火合わせ』を行う。

婚儀が成立するまでの三日間、燈台《とうだい》や燈楼の火は邪気を払う目的で絶やさず燃やし続けるのだ。

「しかし、やっとゆっくり見る時間ができたが、よい屋敷だな」

「設計があの受領とはいえ、調度に関しては光則様の仰せのとおりに最高のものを揃えました」

「そうだな」

屋敷は中央に位置する主の館である主殿――寝殿を囲み、その左右と背後に対屋を配置する、ごくありふれた建築様式を取っている。

火合わせの儀式も無事に終わり、今宵は屋敷のそこかしこで灯りが点され、明るく鮮やかだ。

とはいえ、仰々しい行事が続けばかえって怖じ気《おけ》づくだろうと、三日夜の餅もなくすと伝えてあった。

「それでは、姫君の顔を見にいくか」

「はい」

北の対《たい》に向かうと、部屋はしんと静まり返っている。

「誰かいないのか」

「――どなたですか」

すぐさま、几帳の向こうから先日光則と話した女房の硬い声が聞こえてきた。

「どなたとは、異なことを。妻のもとを訪《とぶら》うのは夫以外にあるまい」

「これは光則様でしたか。此度はご結婚おめでとうございます」

失笑したくなるほど、そらぞらしい声だった。

「うむ」

「折角の訪《おとな》いですが、ただいま姫様は潔斎《けっさい》中の身の上。殿御に触れられてはなりません」

「潔斎だと?」

光則は眉根を寄せた。

潔斎とは神事や法会の前に身を清めて肉食を絶つ

ことだが、婚姻を前に潔斎するなど前例があるかどうか。

いや、潔斎の日程はわかっているのだから、先に知らせて婚儀の日を変えるべきではないのか。

「斯様な話は聞いた例《ためし》がないが」

「こちらに厄を持ち込みたくないという、姫様のお心にございます」

「…………」

光則はむっとした。

要するに、婚姻の一日目は姫に指一本触れずにいろという意味なのだ。

確かに気乗りしない婚姻ではあったが、光則なりに礼節を尽くした。彼女を迎えるための屋敷を用意し、美しい着物を贈り、恥ずかしくないような婚礼の支度を調えたつもりだ。

あのように気の強い姫君の嫁入りなど望んではいなかったものの、できることはすべてした。

それが斯様な仕打ちとは、どういう了見なのか。

「潔斎すべきならば、婚儀を遅らせてもよかったのだ。前もって教えるのが礼儀ではないのか？」

「婚儀の前に一度でも挨拶にいらしてくだされば、お伝えいたしましたものを」

「……この家に慣れるまでは、会わぬほうがよいと思ったのだ」

「そうですか」

言い訳がましいと受け取ったのか、侍女の言葉はやけに素っ気ない。

しかし、相手は疎遠とはいえ帝の血縁なのだ。婚儀に際して帝と文《ふみ》のやり取りをしていたようだし、宮様の機嫌を損ねるのは得策ではない。

「わかった。今宵は姫の意向を受け容れよう」

「かしこまりました」

楓の宮はあの晩の検非違使《けびいし》と夫となる相手が同一人物と気づき、臍《へそ》を曲げているに違いない。

気の利いた歌の一つでも読んで機嫌を取ってやるほかないと、光則は踵を返した。

楓の宮を娶ってから、既に七日が経過している。未だに光則は楓の宮の顔も見られず、声も聞いていなかった。

おかげでこうして公務で参内しても、彼女の心を和らげられる如何なる方法があるかと考え込んで、つい上の空になってしまう。

見ずもあらず見もせぬ人の恋しくは
あやなくけふやながめくらさん
在原《ありわらの》業平《なりひら》

先だっては歌の一つでもと思ったのだが、あの楓の宮のために歌を作るのも気乗りせず、有名な歌を一首送りつけておいた。

知る知らぬなにかあやなくわきていはん
思ひのみこそしるべなりけれ
よみ人しらず

それに対して返歌くらいは詠むだろうと予想していたが、楓の宮は意外にも在原業平に対して詠まれた別の歌を送ってきたのだ。

あだなりと名にこそたてれ　桜花
年にまれなる人もまちけり
よみ人しらず

待っているというのならば、素直に受け容れればいいものを。

光則に歌を詠むだけ時間の無駄ということか。もともとおとなげない反応をしたのは光則のほうなのだが、怒りが込み上げてくる。

こんな文だけのやり取りを重ねて、心が通うはずもない。なぜあんな生意気な姫君を妻にせねばならぬのかと、帝に対しても腹が立つ。

「如何したのだ、亜槐《あかい》殿」

咎めるように高い声を上げられ、光則ははっとする。ちょうど大内裏で行き合った良史《よしふみ》と話をしているところだった。

「いや、何でもない」

「そなた、幼妻を娶って色惚《いろぼ》けしていると評判だぞ」

「そなたに言われると傷つくな」

未だに指一本触れさせてくれぬ妻のもとに通うのは、さすがの光則も我慢の限界に達しかけていた。

「どうだ、うちでゆるりと新婚生活について聞かせてくれぬか」

「しかし、今宵は……」

今宵は十六夜《いざよい》だ。どんな事件が起きてもおかしくはない。

「十六夜か？　だが、近頃すっかり鳴りを潜めているではないか。私とて気晴らしが欲しいのだ」

「ふむ……」

悩んだものの、早めに帰れば問題はないだろうと思い、共に良史の家に向かったが、案の定、楽しい酒にはならなかった。

いっこうに進まない十六夜の探索。

そして、暗礁に乗り上げた結婚生活。

いずれも帝によってもたらされただけに、彼に対する憤懣《ふんまん》もある。

けれども、それを迂闊《うかつ》に口にできるほど、この世界は優しくはない。

結局、自分を律しながらも酒を飲まざるを得ず、疲労が溜まるばかりであった。

そしてまた、良史も悩みを抱いているらしく、ちっとも面白くはなさそうだ。

早々に失礼して光則が三条に向かうと、何やら家の様子がおかしい。

「どうかしたのか」

おろおろとした様子の家人に声をかけると、彼は蒼褪めてその場に膝を突いた。

「これは光則様……！」

「何があったのかと聞いているのだ」

酒の影響もあり、少し気短になっていた光則は声を荒らげた。

「じつは、十六夜が入ったのです」

言いながら、家人が丸の描かれた紙を差し出す。

「十六夜が？　どこに？」

「この館でございます。盗られたものは今のところないのですが……」

「何だと!?」

さすがの剛胆さに、光則は開いた口が塞がらなくなった。

「旦那様がご不在なので、検非違使に届けるべきか、迷っていたところです。如何いたしましょうか」

検非違使別当《べっとう》である光則のもとに十六夜が押し入り見事に宝を盗んだと知られれば、検非違使は無能だと都の悪党たちを喜ばせかねない。それではますます犯罪が増えるし、何よりも、自分を抜擢した帝に対する申し訳が立たなかった。

——いや。

よりによって光則の家を選んだのは、十六夜なりの意思表示ではないのか。

「私に考えがある。届けずともよいし、そなたたちは心配せずに寝るがよい」

「ですが」

「案ずるな」

光則は笑みを浮かべ、家人に向かって頷いてやる。

彼らを安心させるのも、一家の長としての役目だ。

「だが、どこか手薄な場所でもあったのか？」

「いえ、それが何も……」

彼は口籠もる。

「どこも思い浮かばないのです。殿の仰せにより、かなり厳重に戸締まりをしておりましたゆえ」

「やはり、そうか」

光則は苦い顔になった。

――とすれば、結論は一つ。

即ち、十六夜と楓の宮は通じているのではないか。でなければ、あの夜の――初めて楓の宮の家を訪れた夜、十六夜が忽然と消え失せた事実に説明がつかなかった。

そして、光則を避ける理由はそこにあるのかもしれない。

何しろ、光則は検非違使別当を兼帯している。相手が内親王であろうと、十六夜と通じているのならば、手心は加えられないからだ。

怒りに血が滾《たぎ》ってくる。

光則は憤然とした足取りで楓の宮がいる対屋へと向かった。


「まったく、姫様は」

ふう、と生駒《いこま》がため息をつく。

円座《わろうだ》に腰を下ろした楓は、悪戯《いたずら》っぽく笑った。

「何やらよからぬことをなさいましたね？」

「少し暇を潰しただけ。退屈なんだもの」

「姫様の暇を潰す前に、私の命が磨《す》り潰されてしまいます」

「ごめんなさい」

まるで悪びれぬ様子で言ったところで、何やら廊下のほうが騒がしいように思えて楓ははっと身を起こした。

「おやめくださいませ！」

「姫は未だに潔斎中です！」

侍女たちの声が響き、生駒が慌てて立ち上がる。

――まさか。

がたんと几帳が蹴倒され、烏帽子《えぼし》を被った貴公子の影が落ちた。

「私たちは夫婦《めおと》なのだ。いったい誰に憚ることがあろうか」

「ですから、姫は……」

「ならばその身の穢《けが》れも、夫の私こそが引き受けよう」

光則だった。

彼は冷えた声音でそう言い切り、咄嗟に扇で顔を隠した楓に近づく。

まずい。

光則を焦らしたり、弄《もてあそ》んだりもしたが、彼は貴族だ。意に沿わぬ女を手籠《てご》めにはしないだろうと高を括っていた。

しかし、今の彼が憤激しているのは明白だ。

「お出になってくださいませ、光則様」

「くどい！」

短い怒声を吐き、光則は生駒を見つめた。

「夫が妻を求めるのだ。そなたたちこそ、黙って下がるがよい。見まくほしと、指を咥《くわ》えて見ているわけにはいかぬ」

「ですが」

楓の秘密を知っている生駒が、光則の裾に取り縋る。扇越しなので光則の顔は見えないが、険悪な空気だった。

このままでは生駒が殴られるのではないか。

「生駒、二人きりにせよ」

相変わらず扇に顔を隠し、楓は告げる。

生駒を外に出し、何とか乗り切るほかない。

「楓様！」

「いいから」

楓の表情を見つめてから、生駒は不承不承といった様子で部屋から出ていく。

二人きりになり、光則がその場に座した。

楓は円座を渡そうとしたが、「そのままでよい」と不機嫌な声で言われて動きを止める。

「今宵、十六夜が出た」

「どちらへでございますか」

なるべく女性らしく聞こえるように、やわらかな声を装う。

「この家だ」

「騒がしくはありましたが、そうだったのですね」

「………」

「なんと恐ろしい……。十六夜とやらは、確か都を騒がせる盗賊でございましょう。斯様な物騒な屋敷には、これ以上、一日たりともいたくありません。私を里に帰してくださいませ」

「なるほど、それが魂胆だったか」

一息に述べた楓の言葉を聞き、彼は吐き捨てるように言った。

「何がでしょうか」

「ここから出ていきたくて、あえて十六夜を引き入れたのではないですか？」

本来ならば身分が下の内親王が相手なのに丁重な言葉で光則に問われ、ふっと楓は笑った。

「これはおかしなことをおっしゃる」

引き込むも何も、楓こそが十六夜だ。それにこの男が気づいていないのであれば、乗り切れるはずだ。

「十六夜との関係をはっきりさせねば、妻といえども容赦しませんよ」

「容赦しないとは？」

唐突に男は手を伸ばし、楓の腕を握り締める。

痛い。

「く」

我慢し切れずに、とうとう楓の手からぽとりと扇が落ちた。

「いい加減に意地を張らず、顔を見せなさい」

「嫌です」

強情を張ってなおも顔を背けると、光則は立腹したのか、楓の身をその場に横たえた。

「!!」

長い髪がうねる。

髢《かもじ》が取れてしまわないかと不安に息が苦しくなったが、きっと顔を隠してくれるはずだ。

今は何としても、この男を追い払わなくては。

「ならば、私の顔を見よ」

袖口で顔を隠しつつ、楓は夫である男の顔を渋々見やる。

……!

息を呑んだ。

心臓が止まるのではないかといえるほどの衝撃に、胸がきりきりと痛みだす。

まさか光則こそが、あのときの検非違使だとは!

この男とて、馬鹿ではあるまい。

ならば、このままでは気づかれてしまう。知られてしまう。

己の正体を。

「これがそなたの夫になる男の顔だ。しかと覚えておきなさい」

「嫌!」

嫌だ、と抵抗を試みる。だが、袿《うちき》の下に何枚も着物を重ねている状態では、滅多なことでは身動きが取れない。おまけに光則は楓の着物の裾を膝で踏みつけ、動けないように体重をかけている。

彼は己の冠《かんむり》を外し、直衣《のうし》を緩める。

「存外、うぶなのですね。抗われれば抗われるほど、男は昂奮《こうふん》するものですよ」

冷静な手つきで袍《ほう》を脱ぐ男の素振りに、楓はぞくりとした。

「さて、それでは我が妻を味わうとしましょう」

小袖《こそで》姿になった光則に着物の上から腕を摑まれ、強引に取りのけられそうになる。このままでは顔を見られてしまう。

そう思ったのだが、月が再び雲の中に引っ込んでしまったのか、あたりは一息に暗くなる。

濃密な闇があたりに立ち込めた。

「やめよ」

見えなかったとしても、触れられれば知られてしまう。

知られたくない。自分の秘密を。本来の性で生きることさえ許されぬ、惨めな肉体を。

「嫌だ……放せ！」

懸命に躰を捩《ねじ》ったものの、光則との体力の差は圧倒的だった。

そのうえ、この重い着物では自由に動けない。

「嫌だ！」

暗がりでも楓の動きは察知できるのか、蹴り倒そうとした足を摑まれ、楓は狼狽《ろうばい》する。右足を高々と固定されたままで、何もできなかった。

「やめてほしいのですか」

「あたりまえだ！」

光則を舐めてかかっていたことを、楓は心底後悔した。

「残念ながら、無理な話です」

光則は酷薄に言い切り、肉づきの薄い腿《もも》に手をかける。

だめだ。

触れられたら、決定的な男と女の差に気づかれてしまう。

「よせ！」

利き足ではない左足で光則を蹴ろうとしたが、上手くいかない。

男の手が袿をまくり上げ、単衣《ひとえ》を掻き分けてくる。

舌を噛んで自害したほうがいいのだろうか。

だが、荼毘《だび》に付すときに性別は必ず明らかになる。そうすれば生駒たちはどうなる？ 彼女たちの立場では、知らなかったでは済まされまい。

「！」

そこに触った途端、光則ははっとしたような顔になった。

「まさか」

掠《かす》れた、狼狽《うろた》えたような声が漏れる。

知られた。

気づかれた。

同じ男なのだから、その意味を察したに決まっている。

「そなた、男なのか！」

それまで丁寧に自分に接していた光則の声が、揺らぐ。

「…………」

答えることなど、できなかった。

悔しい。

いざとなると楓は弱く、鍛えられた男の前では無力だった。

怒りと羞恥に唇を戦慄《わなな》かせる楓の脚を抱え込んだまま、光則は灯火をそこに近づける。

見ようとしているのだ。

最早わかりきっているくせに、それ以上の辱めを与えようと……！

「いやだ！」

暗闇の中で楓は必死になって暴れたが、本気で自分を押さえ込む男が相手では、どうしようもなかった。

「ふたなりではありませんね？」

楓は黙り込む。

「答えよ！」

苛立ったように荒々しく顎を摑んだ光則に、前を向かされる。

気圧《けお》されまいと、楓は男を睨みつけた。

「男だ。如何に兄君に尻尾を振るために私を娶ったそなたであっても、男では抱けまい」

「ッ」

光則は忌々しげに舌打ちをし、紙燭《しそく》を置く。

じわりとした光が周囲を滲ませ、光則の端整な顔にゆらゆらと揺れる陰影をつける。

「――抱けると言ったらどうなのです？」

「勝手にするがよい」

「ならば、そういたしましょう」

圧《お》し殺した声の冷たさが、怖い。

「あっ」

軽々と足を持ち上げられ、躰を二つに折られる。

売り言葉に買い言葉なだけだと思っていたのに、違うのか。

「なに、を、」

そこに何か、固いものを押し当てられたと感じた瞬間。

「…ッ！」

信じられないような衝撃に襲われ、楓は喉を突き上げた。

痛い。痛い。痛い……。


わからない。これは何だというのか。自分は何をされているのか。

「い、いたいっ」

まるで焼きごてでもねじ込まれるような、凄まじい痛苦だった。突き立てられたものが何か気づき、楓は呆然とする。

信じられない……。

「引き裂けとおっしゃったのは、あなたのほうですよ」

「うるさい……抜け、この下衆《げす》が……！」

「下衆と罵られたのは初めてです」

狼狽する楓を相手にしているうちに、かえって余裕を取り戻したらしい。低く笑った光則が、ぐいっと腰を押しつけてきた。同時に深々とそれが入り込み、苦痛にとうとう涙が溢れ出した。

「つくづく、何もご存じないのですね」

言いながら動いているらしく、更に太いものが体

内に侵入を続ける。

「……ぐ、う……」

止まらぬ涙で、もう前が見えなかった。

楓は必死で男の二の腕に爪を立てたが、白い小袖の上をするすると素通りするばかりだ。

「やだ……やだ、嫌だ！」

本当は声を上げるのも苦しい。腹と尻を満たす圧倒的な異物感に、躰が内側から壊れてしまいそうだ。

なのに、どうしようもない。

「う、うう……」

痛いと言うのは悔しく、楓は次第に唸《うな》るだけになる。そうすることでしか、下肢に溜まる異様な感覚を逃せなかった。

「どうしたのです？　おとなしくなりましたね」

揶揄《やゆ》するような声音だった。

「は…あ……」

苦しい。


快楽など欠片もないこんな行為を、男女が戯れに重ねるというのが解せない。

逃げなくては。

このままだと、腰から下をぐしゃぐしゃにされてしまうかもしれない。ひねり潰されるかもしれない。

「あなたには苦しいだけかもしれませんが、私にとってはそれなりに楽しみがありますよ」

光則は余裕さえ滲ませて、そう囁《ささや》く。

「生娘の肉体というのは、悪くはありませんね」

「うるさいっ」

「叫ぶと中の肉が締まる。あなたの気性と同じく、躰も激しいようだ」

なんて浅ましい暴言を吐くのか。

怒りに顔を赤らめる楓であれども、それ以上の抵抗などまったくできなかった。

「動きますよ。舌を嚙まぬように」

戸惑うまでもない。

いきなり光則が躰を動かし始めたので、それに合わせて、結合している楓も揺すぶられる羽目になった。

「う、っく……う……ん……もう……」

痛い。苦しい。

お腹《なか》の中も、繋がったところも、衣にこすられる背中も。

何もかもが、つらい。

無様な泣き声を上げる楓にも頓着せず、無心に躰を揺すっていた光則が、唐突に、掠れた声で宣告した。

「出しますよ」

「なにを……」

「わからぬのですか。子種です」

「子種……？」

「子をなすためのものですよ」

恐怖に暴れる楓を軽くいなし、腰を摑んだまま、光則はいっそう深々と楔《くさび》を打ち込んでくる。

「あ、あっ」

中にじわじわと熱い何かが染み渡るのを感じ、楓の目から新しい涙が溢れた。

悔しくて、悔しくて、たまらなかった。


嵐のような昂奮が去り、光則は楓の宮——いや、楓から汗ばんだ躰を離す。

これは如何なる仏罰であろうか。

心が静まると、水を浴びせられたように全身まで冷えてくる。

狭霧が男だと知りながら父の言いなりになり、幼い弟の未来を奪って女として育てることに異論を示さなかった——その罰を今受けているのか。

漸く雲間から再び月明かりが差し込んできて、光則は今度こそ目を凝らして相手の顔を確かめようとした。

「！」

まさか。

まさかこのようなことがあるだろうか。

だが、光則の脳裏でこれまでのできごとがすべて一本の線となったのだ。

「そなた、よもや十六夜か……！」

我に返ったらしい楓が袿の袖で顔を隠しかけたが、光則は細い腕を摑んで押し留めた。

光則の前に蒼褪めながら横たわるのは、姫という虚飾を剝《は》がされた少年だった。

しかも、とびきり美しい。

髪の長さは肩甲骨のあたりまでだろうか。外れた髢《しとね》が褥に転がっており、それを使って今まで光則やほかの連中を謀っていたのだろう。

覚悟を決めたように、楓が顔を上げる。

「そう、私が十六夜だ。私を抱いても気づかなかったのか？　そなた、存外鈍いな」

「一味はどこに？」

「この暮らしで仲間を見つけられると思うか？　私一人でやったことだ」

内親王とは思えぬ剛胆さは、兄の帝にはまったく似ていないものだと光則は心中で嘆息する。

「なにゆえに十六夜になったのですか？」

「そなたには関係ない」

「我々は……」

夫婦だという主張は、我ながらあまりにも滑稽だった。楓は男なのだ。

「ならば、なぜ、女性の格好をしていたのです？」

「母がそう決めた。過ちとはいえ、一度女と定められれば、後戻りはできぬ……」

それだけで、光則は事情をうっすらと察した。

親なりに子供を思ったせいか、あるいは后が保身に走ったせいか。いずれにしても、責めを負うのは子供のほうだった。そのうえ、楓は内親王の身分なのだ。そう簡単に性別を訂正できるわけもない。

「帝はご存じなのか？」

「知るわけがないだろう。あの兄君が！」

その語気に込められた荒々しさに、光則は楓の心の中にある怒りを感じ取る。

母の浅知恵で男として生きることも許されず、屋敷に押し込められ、女性の姿で生涯を無為に終えようとしている。それでも兄が名君であれば世のため人のためと我慢もできようが、帝は努力はしているものの、まだその域には遠い。

これは、もう一人の狭霧なのだ。

誰も味方にならず、実親《さねちか》のように愛を注ぐ人もなく、孤独に打ち震える少年。

「これで気が済んだのであろう。すぐにでも侍従池の屋敷に帰せ」

「――そうはいきませぬ」

男とわかったからといって、おいそれと離縁できない。

「今やここがあなたにとっての里。逃げることは許しません」

「私が十六夜でも、か？」

改めて口にされると苦いものを感じたが、二言はなかった。

「知ってしまった以上、あなたと私は一蓮托生《いちれんたくしょう》です。あなたが逃げれば私の命も――家族の身も危ない。あなたをここに閉じ込める以外に道はないのですよ」

「な」

途端にくしゃりと楓が美しい顔を歪めたものの、光則はそれをあえて見なかったふりをした。

何よりも、十六夜が再び出現すれば、帝の治世は乱れてしまう。臣下として見過ごせない事態だった。

「あなたの命運を握るのはこの私。絶対にここから出てはなりません」

「酷い男だ」

「酷いのはあなたのほうでしょう。私を謀り、男の身で結婚したのですから」

強く言い切ると、びくりと楓は身を震わせた。

どうしようもない責任転嫁だったが、楓はそこまで頭が回らぬらしく、屈辱に唇を嚙み締める。

それでも泣きださずに光則を睨みつけているのだから、こちらが舌を巻くほどの気の強さだ。

同じように女装させられていた身の上でも、狭霧とはまた性格が違うようだ。

楓に、狭霧のようなしとやかさが爪の先ほどでもあればよかったであろうに。

そうでなくては、これからも閉じ込められる生活になど耐えられまい。

「後ほど後朝《きぬぎぬ》の歌でも送ってあげましょう」

「いらぬ」

突っぱねる強情さには、これから手を焼きそうだ。


「私への恋しさから、そのように袖を濡らしているのではないですか？」

「これは季節外れの春雨に濡れただけだ」

ねに泣きてひちにしかども　春雨にぬれにし袖と　問はば答へん
即座に大江千里《おおえのちさと》の歌を引用するとは、頭の回転の速さが窺えた。

そのうえ、苦痛から泣いた事実を否定しない潔さもある。

彼の真《ま》っ直《す》ぐな気性を映しているようで、それだけは好ましかった。

「ならばその袖が乾く前にまた来ましょう」

後朝であれば朝まで共寝をするものだが、到底そんな気分にはなれない。

「誰がそなたの顔など見たいものか！」

「遠慮はいりません。私たちは夫婦なのですから」

冷たく言い放った光則は、衣服を整えて己の寝所へ戻った。

歩いているうちに、頭が徐々に冷えてくる。

それどころではなく、足許に茫漠《ぼうばく》とした闇が広がっているような気持ちさえ込み上げ、思わず足を止めて柱に凭れかかった。

なんという因果であろう。

よりによって、娶った相手が男だとは！

狭霧が男だと知りながら妹として育てられたことに無視を決め込み、是とし続けた自分への罰なのかもしれない。

あまりにも滑稽で、そしてあまりにも惨めだった。


翌朝。

どうせ後朝の歌など来ないだろうと高を括っていたが、楓は作法どおりにそれを寄越《よこ》した。

だが、出かける寸前に光則が受け取った歌は、ごく平凡なものだった。

「…………」

口論の最中、即座に大江千里を引用した人物とは思えない凡作だ。

やはり、若木のように未熟なあの姫君に、今の感情を反映させた色気のある歌を詠めというほうが無理だったのだろう。

……いや。

そもそも楓は姫でも何でもないのだ。

光則の仕打ちに耐え、こうして定型どおりに後朝の歌を返してきた点だけでも褒めてやるべきではないのか。

何か返さなければ、家人は楓たちに疑念を抱く。

そうすれば最終的に自分の立場が悪くなることを知っているに違いない。

光則もまた、楓を降嫁した宮として丁重に扱うつもりだった。

「光則様、お顔の色が優れませんな」

次官《すけ》の政行《まさゆき》に声をかけられ、光則はむっつりと頷く。

「今日はあまり、調子がよくなくてな」

「お疲れなのでしょう。早くお帰りになっては」

「十六夜のほかに、何か困ったことはないか？」

「そうですね、家人同士の小競り合いで逃亡していた牛飼童《うしかいわらわ》も無事捕まりましたし、何よりもここのところ十六夜の動きはありませんから」

「うむ」

「これでそろそろ、騒ぎが収まればよいのですが」

政行が願いを込めるように言うものだから、光則はそれはないだろうと内心で苦笑した。

いったい何が不満なのかは知らないが、楓のあの調子では暫く十六夜をやめないはずだ。

愚行をやめさせるには、毎夜光則が楓を見張る以外ないのだ。


しかし、今宵は新月だ。

十六夜が出る見込みはないので、光則は思い立って騎馬で実親の家を訪れた。

簀子《すのこ》に腰を下ろし、光則は家人の出迎えを待つ。相変わらず鄙びた屋敷でしんと静かだったが、夕刻の深閑とした空気は味わい深い。

「兄君、申し訳ないのですが……」

すぐに狭霧が顔を見せ、すまなさそうに実親の不在を謝罪した。

「約束もないのに勝手に来たのは私のほうだ」

狩衣《かりぎぬ》を着込んだ狭霧は、どことなく困惑を滲ませている。

「それに、今日はおまえの顔を見にきたのだよ」

「私の？」

きょとんとして首を傾げる様は、昔の狭霧の素直さが甦るようで微笑ましい。

手放してから急に大人びたとはいえ、狭霧は守ってやりたい存在なのだ。

「そうだ。久しぶりにゆっくり話したかったのだ」

「嬉しいです！」

近頃大人びたとばかり思っていた狭霧が頬を紅潮させ、目を煌めかせている。あまりのことに驚き、光則は少しばかり気圧された。

「そんなに喜ぶようなことか？」

「だって、家を出てからずっと、兄君はいつも私に遠慮をなさっているようでしたから」

「……遠慮するのも、あたりまえであろう」

正光が貴族として生き残るためには必要なことだったかもしれないが、それは正光や光則の事情であって、狭霧には関係なかった。

「私はおまえを苦しめてしまった。その罪業は、永久に消えることがない」

「ですが、おかげで私は実親様に巡り会えました。前にも申し上げたとおりです」

光則のそばに膝を突き、狭霧がにこりと笑う。

「恨みはないのか？」

「ないといえば、嘘になります。確かに父君や兄君を恨めしく思うことはありました」

改めて狭霧に言われると、胸が痛くなる。

「でも、今の私は心安らかで幸せに生きております。これもまた一つの巡り合わせであろうと信じております」

狭霧は昔から優しい子だったが、こうも強く言い切られると驚かざるを得ない。おそらく、実親との出会いが彼を変えたのだろう。

「とはいえ、閉じ込められていたときのことは忘れられぬであろう？」

「はい」

狭霧はそれは仕方ないとでも言いたげに、こくりと頷いた。

「もし、おまえと同じ目に遭っている者が身近にいたとしたら、どうする？」

「私と同じ？」

「そうだ」

これこそが、今日の本題だった。

狭霧は気づいておらぬのか、不思議そうな顔つきで首を傾げている。

「憐《あわ》れではありますが、それが高貴な女人のさだめです」

「まあ、そうなのだが。その方は男なのだ」

「それで閉じ込められているとは、物狂いでしょうか」

「そうではない。単なる家の事情だ」

あの姫――ではないが――が物狂いだったら、よほど楽だっただろう。尼寺は無理でも、どこかの寺に閉じ込めておけばよい。

けれども、少し話してみただけでも、楓はおそろしく頭の回転が速いのがわかる。だからこそ、何ともいえぬ気分になるのだ。

「押し込められていたのは過去の話でしょう？　今は、外にも行けるのですか？」

「うむ……事情さえ許せば、だな」

「ご本人は外の世界を望んでおられるのでしょうか？」

重ねて問われ、光則は「無論だ」と即答した。

そうでなければ、十六夜などという無謀をするものか。

「でしたら、兄君が守ってあげてくださいませ」

「守るだと？」

完全に意表を突かれ、光則は目を見開いた。

「はい」

何でもないように頷き、狭霧はにっこりと笑う。

「私のときも、外に出ていくのは楽しくもありましたが、恐ろしいとも感じました。狭い世界しか知らなかった私を、いつも実親様は庇ってくださった。

それがどんなに心強かったことか」

どこか懐かしむような愛おしむようなその言葉に、光則はしみじみと己の至らなさを思い知る。

実親だけだったのだ。

狭霧を強引な手立てで外の世界に連れ出し、人々の息遣いを教えたのは。

「兄君がもし少しでも私に悪いと思っているのであれば、わずかでよいのでその方のお力になってほしいのです」

「……善処しよう」

まさか癇癪《かんしゃく》を起こして強姦《ごうかん》めいた仕打ちをしたばかりだとは、口が裂けても言えそうにない。

けれども、そもそもあれは十六夜なのだ。

狭霧がどれほど説いてくれたとしても、その事実は消えない。

どうすれば光則自身の内心の折り合いをつけられるのか、自分でも未だにわからなかった。


——あの男、許すものか……！

躰が軋むように痛んで、朝はほぼ起き上がれなかった。後朝の歌は気力を振り絞って詠んだものの、気が散ってしまって恥ずかしくなるような凡作だ。

きっと光則は腹の底で、楓のことを嘲《あざわら》っているに違いない。

そう思うとひどく悔しく、楓は鞠をぎゅっと抱き締めて褥に潜り込む。

「大丈夫でございますか、楓様」

陽が高くなっても衾《ふすま》を被ったまままいっこうに起きださない楓を案じ、生駒が顔を見せる。

「あんなに痛いなんて、知らなかった」

「だからやめるべきだと申したのです。あれでは光則様がお怒りになるのもわかります」

「うるさい」

圧し殺した声で生駒に言い返し、楓は再び衾で頭まで覆った。

「斯くも拗ねては子供同然ではありませんか」

「わかっている」

だが、どう考えてもやり切れないのだ。

「閨《ねや》の作法をお教えしそびれた私の落ち度でもありますが、楓様だって悪いのですよ。お屋敷で大それた真似をして」

「あれは私なりに考えがあってのことだ」

生駒にまた十六夜騒ぎについて蒸し返され、苛立ちに腸《はらわた》が煮えくり返りそうだ。

「おまけに昨日は昨日で、わざわざ光則様を怒らせるような真似をするのですから。打ち明ければ、穏便に済んだかもしれませんのに」

「だからといって、私に無体をしていいわけがない！」

「それは夫婦ですから」

生駒に言われて、楓はぐうの音も出なかった。

「都を捨てて共に逃げようと申し上げたはずですよ。なのに、いつまでもあのような火遊びをなさっているのが悪いのです」

生駒の言い分も尤もだったが、それはすっかり弱っている楓に追い打ちをかけるようなものだった。

「そなたには夫も子もいる。都を出れば、二度と会えまい」

「大それたことをなさる割に、本当にお優しいのですから。仕方ない方ですね」

ふうと生駒はため息をついた。

気恥ずかしくなった楓は黙り込み、ちらりと衾から顔を覗かせると、彼女は丁寧に後朝の文を文箱《ふばこ》にしまい込んでいる。

捨ててしまえばいいのに、そうしないところが憎らしい。しかし、生駒に破れと命じれば楓が意識していると悟られかねない。あんな男のことは、涼しい顔で受け流してしまうべきだ。

たとえどんなに許し難くても。

「生駒様、よろしいですか」

「何でしょう？」

外から家人の声が聞こえてきた。塗籠《ぬりごめ》の戸を開ける気配がし、光則だったらどうしようと袿に衣だけを羽織った楓は身を竦ませた。

「楓様のお加減が悪いとか」

「そうなのです。今朝からずっと起き上がれず……」

弁解がましい生駒の口調が、また腹立たしかった。

あんな男に対して、楓の状況を教えてやる義理などないのだ。

なのに生駒は楓の味方さえしてくれない。

「光則様が、こちらをお運びするようにと」

「まあ、美味《おい》しそうですこと」

生駒の声が一段階跳ね上がるのがわかった。

どうやら光則は楓の歓心を買うために、何らかの食料品を差し入れさせたようだ。

……馬鹿馬鹿しい。

「姫様には、どうか御身を厭うようにとのことです」

「伝えておきますわ」

ぱたりと戸が閉まる気配が伝わり、そそくさと生駒がやってきた。

「さあさ、ふて寝なさっていないでご覧くださいませ」

「……何を」

「贈りものですよ。それはそれは立派な鸎実《うぐいすのきのみ》ですこと」

真っ赤な果実はかなり熟しているようで、見るからに美味しそうだ。ごくりと喉を鳴らしたものの、光則の施しを受けるのは口惜しい。

「召し上がってくださいませ」

「……そなたが言うのなら」

「ええ」

手にした果実は、ずしりと重い。噛みついてみると甘い味わいがじゅわっと口腔《こうこう》に広がった。

「このような見事な果実、どこで手に入れたのでございましょう」

「金さえ出せば、どこでも買えよう」

「まあ、可愛げのない。嫌なら食べなくてよいのですよ」

「食べ物に罪はない」

楓は荒々しく果実に齧《かじ》りつき、咀嚼《そしゃく》する。

こんなもので懐柔できると考えるなんて、大きな勘違いだ。

絶対に許すものか。何があろうとも。

どうしても断り切れずに嫁いでしまった己が、愚かだと思う。よりにもよって光則があの晩の検非違使だと、どうして見抜けなかったのか。

いずれにしても、光則が侮辱されたことでどう振る舞いを変えるかは見物だ。

それでもなお彼が楓を女として姫として扱うのならば、こちらにも考えがある。

十六夜として再び都を荒らし回ってやる。

まずは、光則の出方を観察する腹づもりだった。


「今宵もあちらへお渡りですか？」

夜半。

三条の屋敷を訪れた光則が頃合いを見て立ち上がったところで、家人に呼び止められ、「そのつもりだ」と答える。

「先に果物は渡してくれたか？」

「はい。大層お喜びでした」

「それはよかった」

怒っているのはわかっていた。

葛葉小路《くずのはこうじ》に人をやってみずみずしい食べ物を仕入れたが、それくらいで誇り高い少年の機嫌が取れるとは思わなかった。

本来ならば、傷つけたことを謝罪するのが筋だ。しかし、光則がかたちばかり謝っても、あの美しい楓が意固地になるのは目に見えていた。

それゆえに、多少は心証をよくしておこうと企んだのだ。

この程度の小細工が通用するかは不明で、憂鬱な気分で北の対に向かうと、侍女たちの動きが俄《にわか》に慌ただしくなる気配が伝わってきた。

「これはこれは、光則様。ようこそおいでくださいました」

楓が最も信頼しているであろう生駒が、手を突いて迎えてくれた。微笑を浮かべ、光則は切り出した。

「楓の宮は起きているか」

「ただいま、姫は伏せっておいでです」

木で鼻を括ったような応対だったが、それもこれも、じつは公達である楓を守るためであったというのならば致し方がないだろう。印象が悪いと思っていたことを、申し訳なくさえ感じた。

「なればこそ、見舞いたいのだ。それは夫として、当然ではないか？」

「いえ……いえ、その、昨晩のことがお躰に障っておいでです」

「すまなかった。姫と心を通わせたくて、焦ってしまったのだ。だが、もうあのような無体はせぬ」

光則が真摯《しんし》な口ぶりで告げたので、生駒は唖然《あぜん》とした様子だった。

暫《しば》し言葉を失ったあと、彼女は毅然《きぜん》と顔を上げた。

「――我々は皆、光則様を謀っておりました。それを許してくださるのですか」

「許すも許さぬもない。そなたたちは、望んで周りを欺いたわけではあるまい。それに、此度の婚姻は主上が無理に進めたのだ。進退窮《きわ》まって縁談を受けざるを得なかったそなたたちを罰しても、何も生まぬ」

口を衝《つ》く言葉は建前の羅列でしかなかったが、今はそう言ってやるほかない。

「それよりも、宮様は起き上がれぬほどに悪いのか」

「いえ、そこまでは。後朝の歌も詠まれましたし、拗ねておいでなのですよ」

「拗ねている?」

意外な発言だった。

「乱暴に扱われて怖かったのでしょう。何よりも、あの方はご自分が怖がったこと自体が許せないのです」

「なにゆえに?」

「見た目は優美なお方ですが、雷の晩など私たちが怯えていると、守るとおっしゃってくださって……いつも気を張っていたのです。屋敷には、ほかに頼りになる者などおりませんから」

「——そうだったのか」

見た目は美しくても、楓の中身は男なのだ。そして、彼はあの細腕で、侍女たちを守ろうと必死で生きてきた。

相手は憎むべき盗賊なのに、これでは健気《けなげ》さにほだされそうになるではないか。

「ほんのわずかでよいから、見舞わせてくれ」

「——かしこまりました。どうぞ」

すっと生駒が避《よ》けたので、光則は塗籠の戸に手をかける。その中にそろりと足を踏み入れると、「生駒?」という細い声が耳を打つ。

声はこんもりとした衾の下から、聞こえてくるようだ。

「もう追い返したか?」

「追い返されてはおらぬ」

「!」

光則の声を聞き、衾の中身がびくっと震えた。

「顔を見せてくれませんか」

丁寧な口調になったのは、楓との関係を修復したいと考えたゆえだ。

位階の差があるので光則はいくら尊大に振る舞ってもよいのだが、調子に乗って乱暴な口を利けば、彼が心を閉ざしてしまうような気がした。

無理に折り合う必要はないものの、刺々《とげとげ》しいままでは厄介だ。ここは自分を抑えるべきだろう。

「そなたに見せる顔などない」

「あまりに冷たいではないですか。我々は夫婦なのですよ」

「違う！」

「声を荒らげる元気はあるようですね」

「これは空元気だ」

くぐもった声ではあるが、張りはあるようだ。

「果物は口に合いましたか？」

「合うわけがないだろう。あのようなものは口にしない」

食べてもらえなかったのか、と光則は残念に思った。新鮮な果実は官製の市場では手に入らないので、あえて禁を犯して庶民の台所である葛葉小路に人を遣わしたのだ。

「果実はお嫌いなのですか」

「甘いだけで下賤《げせん》の食べ物だ」

素っ気ない返答だったが、楓の気位の高さならそういう考え方をしてもおかしくはない。

「では、今宵は退散するとしましょう」

「それがよい」

「最後に顔を見せてくれませんか」

「なにゆえに」

「そうでなければ、無理やり衾を剝ぎますすよ。力比べをすれば私が勝ちますが」

「そんなことはない！」

挑発に乗ってがばりと身を起こした楓が、光則を睨みつける。

その顔を見た瞬間、ぷっと光則は吹き出していた。

「な、何がおかしい」

「口ですよ」

「は？」

「果実を召し上がったのでしょう」

真っ向から見据えた楓の口許は、まるで紅でも塗ったかのように赤く染まっていた。

「食べてはおらぬと……」

「口が真っ赤ですよ」

「ッ」

意趣返しにもう少し、虐《いじ》めてやろうか。

おとなげなく、そんな意地悪な気持ちさえ湧き起こる。

「もう帰れ。そなたに話などない」

楓ときたら、相変わらず可愛げは皆無だ。

さすがの光則もむっとしかけたそのとき、楓の衾の中から何かが転がり出た。

「ん？」

「！」

それを取り上げると、唐突に、慌てたように楓が光則の腕にしがみついてくる。

薄汚れた鞠だった。

かつては白かったであろう鞠は刺繡《ししゅう》糸が切れ、古ぼけた布の塊になっている。

――まさか。

遠い日の記憶を刺激され、胸が騒いだ。

「……何ですか、これは」

「鞠だ。それも知らぬのか」

素知らぬ顔で尋ねた光則に対し、楓は険しい面持ちで告げる。

「ほう、鞠でしたか」

「わかったのであれば、返せ」

「斯様な使い古しの鞠など、捨ててはどうです？新しいものは私が買って差し上げましょう」

からかうだけのつもりだった。

「嫌だ！」

想像以上に強い声が返ってくる。光則がたじろいだ拍子に、楓は強引に鞠を奪い返すと、それをぎゅっと抱き締めた。

その有様は、まるで稚《いとけな》い子供のようで手を出しかねる。

「これだけだ」

「……なに？」

「私のものは、これしかない。これだけだ……」

はっと、心の臓を突かれたような気がした。

「どこの誰か知らぬが、昔、誰かがこれを私に――男《お》の童《わらわ》としての私にくれたのだ。これだけは、誰にもやらぬ」

ああ、そうか……。

あたりまえのことではないか。

兄からも見捨てられ、女としてかりそめの生を生きる楓は、どんなものを贈られても、己のものとは実感できなかったのだろう。

彼が手にするものはすべて、姫としての楓の宮に与えられたものなのだから。

だからこそ、かつて光則が気まぐれに渡した鞠を、こんなにも大切にしてくれている。

狭霧の言うとおりだ。

これまで何も知らなかった相手が、少しずつ外の世界に馴染もうとしているのだ。それを邪魔するのは、あまりにも冷酷すぎる。

これは、光則に示された罪滅ぼしの機会ではないだろうか。

狭霧にできなかったことを、この美しい少年にしてやれないか。

そのために必要なのは、楓を傷つけることでも苦しめることでもない。

「すまない。あなたの思い出を踏み躙《にじ》るつもりはありませんでした」

光則はそう告げると、素直に頭を下げた。

「え……」

「大事になさってください」

「……うん」

光則への敵意を忘れ、安堵も露に鞠を抱く楓が、ひどくいじらしく思えた。

楓を閉じ込めていたのは、結局はこの貴族社会の複雑さだ。彼はいわば犠牲者で、もしかしたら光則も同じような目に遭っていたかもしれないのだ。

これぞ仏縁というものに違いない。

それゆえに、楓ともう一度真っ正面から向き合いたい。

そうすれば、彼がどうして十六夜として立ち上がったのかがわかるはずだった。

六、卯《う》の花《はな》

「光則《みつのり》殿は、随分と懶《ものう》げな顔ですな」

神泉苑《しんせんえん》での儀式に招かれた光則は、むっつりとした顔で池辺に佇んでいた。

そこに、横から声をかけられたのだ。

「実親《さねちか》殿、将久《ゆきひさ》殿」

話しかけてきた実親は、光則と対照的に明るい顔つきをしている。その背後には、当代きっての知恵者である、藤原将久《ふじわらのゆきひさ》が立っていた。近頃親しいらしい二人だったが、見目麗しい組み合わせだ。

成熟した大人の男の色香を湛えた将久は、正四位《しょうしい》の高い位を与えられた殿上人《てんじょうびと》だったが、唐突に嵯《さ》峨野《がの》に隠棲《いんせい》してしまった。そのまま世捨て人になるのかと噂されていたが、心機一転したらしく、近頃になって帝のお召しに応えて参内するようになった。

ちなみにこうして名を呼び合うのは、迷信深い貴族ではじつに珍しい。名前には力があるからこそ、それを支配されてはならぬという発想ゆえに、貴族は官職やあだ名で呼び合うものだ。

ところどころに設置された篝火《かがりび》にぼんやりと浮かび上がる二人の顔は、この世のものならざる艶《あで》やかさだった。

「光則様は、幼妻を娶って幸せの極みにおられると伺いましたが」

「宮様は大層美しいですからね」

二人の口調に嫌みがないからこそ、よけいに光則の鬱屈は増す。

毎晩楓《かえで》のもとに通っているものの、彼はまるで打ち解けない。

「十六夜《いざよい》もぱったり出なくなりましたし、まさに光則様は我が世の春ではありませんか？」

にこやかに実親に言われるが、そこまで単純ではなかった。

楓はすっかり心を閉ざしてしまっている。

鞠と果実の一件のあと、光則は自然に楓を可愛いと思うようになっていた。前もって狭霧《さぎり》と話ができたことも、自分の心情が変わった一因だろう。

だからこそ、もどかしいのだ。

光則が変わったとしても、楓がそのままであれば、互いの関係に変化はない。

――変化、か。

そうだ、自分は変化を求めている。楓との関係をこのままにはできないと思っている。

そうでなければ、罪滅ぼしは終わらない。

そして、楓は燻る埋み火《うずみび》のようなものだ。いつ発火するかわからないからこそ、なにゆえに十六夜となるのかを教えてほしいのだ。

「十六夜の事件は未解決ではありますが、出現しなくなったのは光則様の締めつけが効いているのでしょう。少しばかり休みをいただいて、奥方とゆっくりなさるのは如何です？」

実親の提案に、光則は曖昧に頷く。

「宇治《うじ》のあたりでしたら、季節もよい。きっと楽しく過ごせましょう」

「そうだな……宇治か」

牛車《ぎっしゃ》で一日も行けば、宇治に辿り着く。

自分たちを知る者も殆どいない土地であれば、楓に女装させなくて済みそうだし、腹を割って話もできるかもしれない。

「それはよいことを聞いた。ありがとう、実親殿」

「いえいえ」

実親は鷹揚《おうよう》に微笑んだ。


「宇治？」

性懲《しょうこ》りもなく楓のもとを訪れた光則の口から出た言葉は、意外な地名だった。

楓は思わず首を傾げる。

「ええ、宇治には父の別邸があります。人は住んでいないが、手は入れさせています。数日間滞在するには不自由もないでしょう」

几帳の向こうにいる光則の表情は見えないものの、相手の顔色を窺ってやる必要はない。

結婚したのであれば几帳は必要ないが、楓はこれで顔を隠さなくては嫌だと言い張っていた。

それを認める光則の寛容さに、ますます苛々が募るのだ。

「行きたくない」

楓は即座に拒絶した。

嘘だ——行ってみたい。

外の世界は、本当に狭い一部分しか知らないのだ。

宇治なんて、絵巻物でしか見たことがない。

だが、それを口に出せるほど楓は素直ではなかった。

何よりも、自分をあのように辱めた光則の提案を、あっさりと受け容れたくなかった。

さらさらと風のそよぐ音が庭の方角から聞こえてくる。今日のように蒸す日は、几帳の陰に隠れず、簀子《すのこ》で自由に涼みたかった。

そもそも、この衣が重くて暑苦しいのだ。

しかし、そうすれば光則に顔を見せる羽目になりかねないと、ぐっと我慢していた。

女ではないのに、どうしてこうも不自由を強いられるのか。その思いは日増しに強くなる。

「あなたはそれでいいかもしれないが、生駒《いこま》殿もたまには骨休みが必要かもしれませんよ」

光則は意外な言葉を述べる。

「生駒が？」

扇で口許を覆ったまま、楓は怪訝な顔つきになった。

生駒たち侍女には十分に休みを取らせており、宿下がりを望めばそれも許している。楓は最低限のことを自分でできるし、彼女たちの手を煩わせる一方ではないつもりだ。

「生駒たちの行動に、口を出さないでもらえぬか」

「それは失礼。だが、私とて公務があるのです。行くか行かぬかは今日のうちに決めてほしいのですが」

「行かぬ」

即答だったが、光則は首を横に振る。

「独断専行が過ぎるようだ。まずは、あなたの周りの者に意見を求めてはどうなのですか？」

「………………」

くどいが、確かに光則がいては自由に話もできぬと、楓は理由をつけて彼を追い出した。

光則がいなくなると、すぐに生駒たち侍女が集まってきた。

「宇治ですって？　どうなさるのです？」

「行くわけがなかろう」

楓の返答を聞き、一同は落胆したような面持ちになる。

「ですが、遠出は初めてでございましょう。よい気分転換になりますよ」

「生駒殿のおっしゃるとおりですわ」

彼女たちの言い分は尤もだったが、光則の言いなりになるのが気に入らない。

宇治には寺院も多いそうだ。光則は楓をどこぞの寺にでも閉じ込めて、そのまま捨てるつもりではないだろうか。

相手になどしていないのに毎晩この部屋に通っているのも、楓を油断させるためで。

そう考えるとしっくりするのだ。

「絶対に行かぬ。斯様な野蛮な男、許せるわけもない」

「あら、お優しい方ではありませんか」

「優しい？」

「最初の晩に誤解があったのは仕方がないでしょう。楓様が光則様を怒らせるような真似ばかりしていたのですから、当然です」

さすがにそれにはぐうの音も出ないが、あっさり懐柔されているのは、薄情ではないか。

「楓様が留守番をなさるのでしたら、それは結構ですよ。――さ、皆、支度をしましょう」

「え？　支度って何の？」

「宇治に行く支度に決まっておりましょう」

生駒の言葉の意味が、まるで解せない。

「どういうこと？」

「私たちとて、いつも閉じこもってくさくさしていたくはありません。たまには出かけてみたいのです」

「…………」

楓は呆然《ぼうぜん》となった。

ほかの侍女も顔を輝かせており、最年長の生駒が行くならば絶対に同意するだろう。

生駒であれば、本当に楓を一人きりこの屋敷に置いていきかねない。

「そなたたちも行きたいと申すのか？」

「あたりまえでしょう。宇治は大層涼しいと聞きますもの」

考えてみれば、生駒はよほどのことがない限り楓についていてくれる。ほかの女人たちもそうだ。

……合わせてくれていたのだ。

閉じ込められている楓に気を遣って。

光則はそれに気づいていたから、生駒たちの骨休めなどという提案をしたのだろう。

口惜しいけれども、まるで思いつかなかった。

光則は楓よりもずっと世間を知っていて、大人なのだ。そう思い知らされた楓は羞恥を覚えた。


「ならば、私もつき合うほかないな」

「まあ、よろしいのですか？」

「そなたたちが行きたいのであれば仕方ない」

むっつりとしたまま楓が言うのを聞いて、生駒は嬉しそうに目を細めた。


宇治までの道のりは丸一日。

辿り着いた別宅の中をあまりきちんと検分できなかったが、広々とした板の間に几帳がいくつか並べられており、床には埃一つ落ちていない。

牛車の中では足を伸ばしたりできるとはいえ、長時間揺られているのはかなり堪《こた》える。到着するなり楓は袿《うちき》を脱ぎ、脇息《きょうそく》に凭れてぐったりしていた。

そこに光則がやってきたものの、袿を羽織る気力さえ起きない。

「楓様。これを」

光則が差し出したのは、衣装の入った箱だった。家人もいないので、彼が自力で運んできたようだ。

「これは？」

「ささやかですが、私からの贈りものです。ここにいるあいだ、身につけるとよいでしょう」

「！」

恐る恐る蓋を開けてみると、中身は若君らしく動きやすそうな狩衣《かりぎぬ》や括《くく》り袴《ばかま》のたぐいだった。こんなものを贈られるとは思わず、楓は目を見開いた。

いったいどんな魂胆があるのだろう。

「これを私に着よと」

「ええ」

「まさか、十六夜として捕らえるというのではあるまいな」

「そんな面倒はいたしません」

ふ、と光則は笑う。

「半尻《はんじり》はお持ちのようですが、裳着も済ませましたし、男性としても、あなたは元服していてもおかしくない年齢だ」

「子供と見れば、皆、油断する。そなたもそうだったであろう？」

「恥ずかしながら。ですが、そろそろこういった衣装も必要でしょう」

棘のある言葉を聞き流し、光則は頷く。

そろそろとはどのような意味なのかと、楓は眉を顰めた。

「そのようなお顔をなさらないでください。宇治で過ごすのに、動きにくい袿のままでいずともよいと思ったのです。髢《かもじ》を外して垂髪《すいはつ》にすれば、特に問題なく共に出かけられますから」

「出かけても、よいのか？」

「二言はありません」

光則が首肯したので、楓はもう一度自分に渡された狩衣を見やる。美しい二藍《ふたあい》はさも若々しい色味で、目にも涼やかだ。

光則が如何様《いかよう》な魂胆を持つかは不明だが、明日は外に出てもよいと言われたのだ。

そしてこれは、私のもの。

鞘に続いて、男としての楓に贈られた、楓だけのものなのだ……！

「それから、これを」

彼がもう一つ出してきたのは、鞘に収まった短刀だった。

「これは？」

「守り刀の一つもあったほうがよいでしょう」

「……そうか」

あたかも彼が男としての楓を認めてくれたかのようで、たまらなく嬉しかった。

「それでは、私はこれで」

立ち上がった光則が部屋を出ていこうとしたので、楓は驚いて「どこへ行く」と声をかけた。

「もう休むのですよ」

当然といった面持ちで答えられ、楓は口籠もった。

「ならば……」

「何ですか？」

「……いや」

休むならば、かたちのうえは妻である楓のところではないのだろうか。そんな思考が過《よぎ》ったものの、楓は口を噤んだ。

今も眠くてたまらないし、早々に褥《しとね》に横になりたい。

あの乱暴な初めての交わり以来、一度として光則は楓に触れていない。つまり、今の楓は妻の役割を果たしていないのだ。光則が楓をどう思っているのかは判然としない。

躰の具合は悪くないと言っていたから、気に入らなかったわけでもないのだろう。

それでは、なぜ？

光則の感情など、一つとして理解できない。

無論、彼の感情を思いやり、あえて紐解《ひもと》いてやる理由などない。

けれども、わからないままでいては、もやもやして胃の奥が重くなるようで。

どうしてそんな気持ちにさせられるのか、楓にはまるで理解し得なかった。


翌朝、光則は常になくすっきりと目覚めた。

宇治の清涼な空気のおかげだろうか、ことのほか気分がよい。

「何とも心地よい空気だな……」

そんな独り言さえ零れる爽快さだ。

宇治川《うじがわ》にほど近い別荘は手狭ではあるものの、手入れが行き届いている。狩衣を身につけた光則が作りかけの和歌を口ずさみつつ歩いていると、ふと、庭の片隅で藍色の衣が揺れるのが見えた。

——ん？

家の者が起きだすには、まだ早すぎる時間だ。

庭先に下りた光則がそちらへ向かうと、美しい少年が目を閉じて木々のあいだに立ち尽くしていた。

楓だった。

なんと艶やかな貴公子ぶりだろう！

光則が贈ったのは、ありふれた狩衣だ。

なのに、凛とした立ち姿は端麗で、光則は楓に見惚れてしまう。

青葉から滴る朝露を集めて作り出したような、精緻で儚《はかな》げな横顔はこの世の者とは思えない美麗さだ。

暫くそうして見つめていたかったのだが、足許でじゃりっと小石が音を立てた。

「！」

咄嗟に楓が狩衣の袖で顔を覆ったので、その反応がおかしく、光則は高らかに笑う。

「いいのですよ、隠さなくて」

「でも」

楓は光則が提案したとおりに垂髪にしており、大人用の狩衣と相まって妙に艶めかしかった。

「今のあなたは男の格好です。顔を隠せば、かえって不審に思われるでしょう」

「………」

淡い木漏れ日のあいだに佇み、羞《は》じらいに頬を染める様が、とても愛らしい。

普段は幾重《いくえ》にも重ねた袿を取り去った姿は、あたかも天女か何かのように身軽に見え、あまりにも脆《もろ》い。

「楓様」

思わず手を伸ばし、彼を抱き竦める。

「あっ」

声を上擦らせて倒れ込んでくる楓の躰は、やはり、軽い。

「あなたはこんなに軽かったのですね」

「なにを」

「いつも重い衣をつけているからわからなかったが、本当のあなたはまるで仙女のような軽やかさだ」

おまけに、ひどく華奢《きゃしゃ》だ。

力を込めて抱き締めればぽきりと折れてしまいそうだ。盗みの際に、あれほど軽やかに立ち回ったのも当然だろう。

このようなか弱い人に、自分は無体を働いたのだ。なんという理不尽なのか。

そう思えばこそ、後悔の念が湧き起こってくる。

「貧相だと言いたいのか」

「そうではありません」

素直でない楓の言葉を聞くのも、今は楽しい。

彼が自分にぶつけてくれる言葉が怒りではないのに、心底ほっとしている。

「愛らしいと言いたいのです」

「は」

ぽかんと口を開けて、楓が光則を見返した。

「愛らしいと申しました。聞こえませんでしたか？」

「どうしたのだ。悪いものでも食したのか」

色気のない返答に、光則は苦笑する。

「共に過ごしていれば、少しずつ情が深まるものですよ」

「私は深まった覚えがないが」

「その頑固さもまた、あなたらしい」

それに、心の底から可愛いと思っているのだ。けれども、可愛いと思えば思うほどに、楓が咎人《とがにん》だという事実が双肩にのし掛かる。

十六夜のことさえなければ、どんなによかったか。

「……愚かな。そのような世迷《よま》い言《ごと》を口にして、誰かに聞かれたらどうする。大納言は気が触れたと噂されるのがおちだ」

「我が身を心配してくださるのですか？」

「そうではない」

とうとう楓が耳まで赤くなって黙り込んだので、光則は漸く彼を抱き竦める手を緩めてやった。

「陽が高くなる前に、宇治川へ行きませんか」

「川へ？」

途端に、楓が目を輝かせるのがわかった。

「ええ、何があるというわけではないのですが、川《かわ》縁《べり》はきっと涼しいでしょう。ほかに何か望みは？」

「歩きたい」

「え？」

「ただ、歩きたい。自分の足ではなかなか歩けないから……」

それもそうだと光則は同意を示した。

思う存分、楓の望みどおりに過ごしてほしかった。

わが庵《いほ》は宮この辰巳《たつみ》　しかぞすむ

世をうぢ山と　人はいふなり

喜撰《きせん》法師の歌が相応しいと思えるほどの、寂れた山。心細いのではないかと思ったが、そばには同じように狩衣姿の光則が一緒にいてくれる。

こんな格好の彼を見るのは初めてだったが、光則はどのような衣でも颯爽《さっそう》と着こなしてしまう。

つくづく憎らしいほどの貴公子ぶりだが、異母兄の実親と並んで、さぞや当代を騒がせているのだろう。

……それにしても。

こうして日々、光則と歩き回るのは楽しかったが、山道ではそれだけではなかった。どうも草履が固すぎるらしく、足の裏が痛い。

山に登ってみたいなんて、言わなければよかった。自分から来たいと主張したのに、今更歩けないなどと弱音は吐けない。

それに、光則とて普段は牛車や騎馬で出歩くのだから、斯様な山道を歩くのは心中では苦労しているはずだ。そこで楓が音を上げれば、彼を困らせるのは目に見えている。

いや、困らせたくないのではない。

単に、弱いところを見せるのが口惜しいだけだ。

心根では彼に敵《かな》わぬというのに、このうえ体力でも負けるなど、楓の自尊心が許しそうになかった。

「楓様」

「は、はい」

「少し休みましょう」

戸惑いと羞恥に、楓は頬を赤らめる。

足が痛いことを気取られたのだ。

「どこも痛くない！」

光則は一瞬呆気に取られたような顔をしたものの、すぐにふっと表情を緩めた。

「わかっています。ですが、私の足が痛いのですよ」

「そなたの？」

「ええ」

そんな風に言われてしまえば、抗えなかった。

楓が道から少し外れた岩の上に腰を下ろすと、光則は背後に回る。

「そなたは座らぬのか」

「立っても疲れは取れますゆえ」

そういうものかと楓は首を傾げた。

「宇治は如何ですか？　毎日あちこち連れ回してしまっているので、お疲れではないかと気がかりです」

光則の問いに対し、楓は素直に頷く。

「……悪くはない」

安堵したように光則が唇を綻ばせる。

思いがけずその表情が美しくて、楓は瞬きをしてしまう。

「寺社と自然のほかには、市場のようなものも何もないので、退屈でございましょう」

「この風情こそが、宇治の魅力なのであろう。それくらい知っている」

「それはよかった。楓様は風雅を解しておられるようですね」

「あたりまえだ」

少しばかり楓は得意になり、それから、汗を拭う光則を見やる。

光則も楽しんでいるようだし、この休暇は悪くはない。

光則さえ許せば、もう一度、川遊びをしたい。そう考えて、楓はさりげなく水を向けた。

「明日はどうするのだ？」

「そろそろ、都に帰らねばなりません」

「え……」

楓は表情を曇らせた。

「もう五日もこちらに逗留しています。もうすぐ十六夜ですし、帝のお心も休まりますまい」

「十六夜は当分は出ないだろう」

「それを知るのは我々だけですから」

おまけに光則は妻を伴っての旅行なのだ。なるほど、これでは色惚けしていると思われてもおかしくはない。

「——それならば仕方あるまい。仕事をないがしろにされてはこちらも困る」

「はい」

そうでなくとも、光則は十六夜を捕縛するという最大の命令を完遂してはいない。これでは帝の心証も悪くなって当然だ。

光則はなぜ自分を宇治に連れてきたのだろう。

下手をすれば職務を疎《おろそ》かにしていると帝の怒りを買いかねないのに、どうしてこんなにも優しいのか。

斯くも中途半端な真似をするくらいならば、もっと問い詰めればいい。

あのときのように自分を辱め、折檻《せっかん》でもすればいいのだ。


十六夜の正体を知られているがゆえに、これでは生殺しだった。


昨晩から楓はひどく沈んでいるようで、ろくろく食事も摂《と》っていなかった。

その些細な事実が、光則の心を抉《えぐ》る。

あれでは宇治から都に戻るまでに、体調を崩してしまいかねない。

どうすべきかと牛車で考え込む光則は、自分が思いの外楓を気にかけているのに気づいて苦笑した。

生駒の話では、これが楓にとって初めての遠出だそうだ。たかだか五、六日では物足りないのも至極当然だろう。

……ならば。

「おい」

車副《くるまぞい》を呼ぶと、すぐに「はい」という返答がある。

「すっかり失念していたが、方違《かたたが》えをせねばならぬ。先触れを出して、手近な寺に坊はないか尋ねよ」

「え」

何を今更と言いたげに彼の表情が曇ったが、すべては楓のためだ。致し方がない。

「頼んだぞ」

「……はっ」

このあたりならば寺は多いから、大納言の名を出せば、どこかしら適当な場所が見つかるだろう。

光則が思ったとおり、道端に牛車を停《と》めて一休みしていると、先触れが戻ってきた。そして、ここから牛車で暫く行った地点の大きな寺院ならば、宿と食事を用意できると伝えてきた。

多額の寄進をねだられるだろうが、それくらいは計算のうちだ。

帰京が一日遠のいたと言えば、楓はどれほど喜ぶだろう。

光則は牛車から降りて楓の車に近づき、「楓様」と窓から呼ばった。

すると、楓ではなく生駒がちらりと顔を見せる。

「いきなり車を停めて何かあったのか、と楓様はお聞きです」

代わりに答えたのは生駒だった。

「方違えにございます」

「方違え？」

方角は貴族ならば誰もが気にしているだけに、生駒は訝しげだ。

「はい。方角が悪いので、まずは近隣の寺院にて休むことにしました。皆には申し訳ないのですが、帰京は一日延びそうです」

「なんと……」

「私はかまわぬぞ！」

生駒の返答を遮り、車の中から弾んだ声が聞こえた。

「はい。折角なのですから、寺院を案内していただきましょう。寺宝があるようですし、着替えてこちらへおいでなさい」

「うむ」

男の服で出てくるよう仄めかすと、楓は嬉しげに返事をする。

牛車はさほど広くはないが、光則も外出の折りに衣冠《いかん》から直衣《のうし》に着替えるし、それなりに身動きが取れる空間になっていた。

楓のことだからすぐに支度を済ませるだろうと、光則は笑みを浮かべて彼を待ち受けた。


夜。

廂《ひさし》に座した楓に、光則は足を崩しながら尋ねる。

「お疲れではありませんか」

「平気だ。そなたはどうなのだ？　方違えは？」

「問題はありません。ご覧なさい、とても星が綺麗ですよ」

最後に方違えでこうして寺に立ち寄ったのは、宇治から去り難い気持ちでいた楓にとって、素晴らしい贈りものだった。

住職は光則を迎えて大いに喜び、秘宝の数々を惜しげもなく披露してくれた。

光則は好奇心も旺盛なのか、暇そうな僧侶に命じて寺を隅々まで案内させた。それもわくわくするような経験で、楓にはすべてが楽しかった。

こんな機会は二度となかろうと光則を差し置いて楓が熱心に質問を重ねると、僧侶は「このまま出家なさっては」などと冗談交じりに勧めた。

すると、光則は真顔で「絶対にならぬ」と答えたのだ。

「この方には、まだまだ知るべきことがたくさんあります。出家などしては、それが遠のいてしまう」

彼を疑っていた自分が、恥ずかしくなるほど真っ直ぐな目で。

それらを思い出しながら空を見上げると、満天の星が煌めいている。

「星はよいな」

「なにゆえですか？」

「一人でも自由に生きていける」

そう答えてから、自分が素直に心情を吐露してしまったことに気づき、楓は急いで口を噤んだ。

深追いされたくない楓の心情に気づいたのか、光則は落ち着いて口を開く。

「もうその格好には慣れましたか」

「え？　ああ、うん」

三条《さんじょう》に戻れば馴染み始めた狩衣ともお別れだと思うと、それが少しばかり淋しい。

けれども、この五日――いや、六日も望外の楽しみを味わったのだから、それに感謝しなくては。

あとはただ、粛々と静かに生きなくてはいけないのだ。

「衣は返したほうがよいだろう？」

名残惜しい気持ちで、楓は自分の服を摘《つま》んだ。

「差し上げたのですよ。不要なのですか？」

不思議そうに光則が尋ねたのが、意外だった。

「最早、私には必要ないものだ」

「いえ」

光則は首を振った。

「戻ってから、あなたにはお願いしたいことがあります。だから、狩衣がなくては困るのです」

「頼みとは？」

「牛飼童《うしかいわらわ》と言いたいところですが、あなたは美しすぎて目立ってしまう。時々、私の仕事を手伝ってほしいのです」

冗談にしては出来が悪いと、楓は鼻白んだ。

「よもや検非違使《けびいし》の真似ではあるまいな」

そんな真似ができるわけもないが、自分にやれることなど何も思い浮かばない。

「まさか。そんな危険なことは頼めません。家の手伝いをお願いするだけです。時々は、お遣いも頼むかもしれません。如何ですか？」

光則は口許に笑みを浮かべ、わずかに身を屈《かが》めて楓の目を覗き込む。烏帽子《えぼし》が小さく揺れ、足許に背の高い影を作った。

「私には……」

そこで楓は口籠もった。

「できぬとおっしゃるのなら、やめましょう」

折角手にしたはずの細い糸を断ち切られそうになり、楓は首を横に振った。

「いや、できる」

顔を上げて昂然《こうぜん》と言い切ると、光則は肩の力を抜いた。

「それはよかった」

「神仏のお告げでもあったのか？」

「え？」

光則は目を見開く。

「突然そのようなことを申し出るとは」

「違いますよ。以前から考えていたのですが、あなたのご様子を見ていたら、今、言わずにはいられなくなりました」

「そう、か……」

頰を紅潮させ、楓は唇を嚙む。

自分の存在が、誰かの、何かの役に立っている。たとえそれが、この腹立たしい男であったとしてもかまうまい。

楓にも、生きていく意味があるのだ。

溢れる喜びから屈託なく笑ってしまいそうだったが、そんなところを光則に見せるのは照れくさくて、緩みそうになる口許に力を込めた。

七、橘《たちばな》

夢のように煌めいていた宇治の記憶は、楓《かえで》にとっては何ものにも代え難かった。

川のせせらぎや囀《さえず》る鳥の声さえも、楓には心躍る楽《がく》の如き響きだった。

それは生駒《いこま》も同じだったらしく、彼女はこうして都に戻ってきても、二、三日はぼんやりと物思いに耽《ふけ》っている様子だった。尤も、慣れぬ遠出で疲れたのかもしれないが。

「出かけましょう、姫」

珍しく昼間から対屋《たいのや》を訪れた光則《みつのり》にいきなり提案され、楓は面食らった。確かに宇治からの帰途にまたどこかに行こうと言われたが、いくら何でも早すぎる。

「どこへ？」

「どこにしましょうか」

はぐらかすような物言いに、楓は眉根を寄せた。

「仕事はいいのか？」

「ええ。昨日の十六夜《いざよい》は、盗みがありませんでしたので」

決めかねていると、光則が「では」と切り出した。

「清水《きよみず》は如何でしょう？　観音様に参ったことは？」

「ない」

ないからこそ、このあいだの方違《かたたが》えで立ち寄った寺で、あそこまで夢中になったのだ。

「でしたら、それで決まりです」

ほかに行きたい場所も思い浮かばないので、楓はそれに従った。

家の手伝いを頼みたいとは言っていたものの、どうして光則が自分を連れ出すことにしたのかわからなかった。もっと彼の言うことを聞くように改心せよ、というならば無意味だ。しとやかに姫君らしく振る舞ってほしいのだろうか。

「暫し待て。生駒に命じて被衣《かずき》を……」

「必要ありませんよ」

「なにゆえに」

楓の問いは尤もなものであろう。

「男の装束で出かければよいでしょう」

「かまわぬが、そなたが知り合いに会ったときに厄介ではないか」

「ならば、私の従者となるのは如何ですか？　少し背が伸びたようなので、ちょうど新しい水干《すいかん》を誂《あつら》えさせたばかりです。どうぞ、こちらを」

「――それでよい」

とはいえ、衣の誂えには時間がかかる。光則がいったいどんな手を使ったのか、不思議でならなかった。

だが、それくらいはどうでもいい話だ。

意気揚々と着替えを済ませた楓が勢いに乗って彼の前に姿を現すと、光則の顔が優しく和んだ。

「よくお似合いだ」

「……そうか」

それならば、光則が自分を連れていっても恥ずかしくないということだろう。目立たずに済むし、ちょうどよい。

「今日は清水ですが、次はあなたも行きたいところを選んでください」

「私が？」

「ええ。このあいだも申し上げたとおりに、これから先、あなたには様々な体験をしていただきたい。失われていたものを、取り返してほしいのです」

失われていたものとは、いったい何だろう。

楓なりに疑問を覚えたものの、今は一刻も早く出かけたかった。

そそくさと部屋を出ようとする楓を見て、光則は満足げな表情になる。

「行きましょう」

牛車《ぎっしゃ》に乗った楓は、先ほどの光則の言葉について考え込んでいた。

いろいろな体験をしてほしい、か。

左様なことを口にした者は、これまでにいなかった。無論、楓の境遇を知る人物が限られているせいもあるが、それだけではないはずだ。身内の白蓮門《びゃくれんもん》院《いん》でさえも、「いつか自由になれたらよいのに」と嘆くばかりで、具体的に何もしてくれなかった。

なのに、光則は違う。結婚は帝に強要された事柄だが、彼はどうすれば楓が外に出られるのか、常にそれを考えてくれている。

その気遣いが喜ばしく、じわりと心があたたかくなる。狩衣《かりぎぬ》姿の光則は何か言いたげに唇を動かしたものの、楓の視線に気づいて黙り込んだ。

清水寺の手前で牛車が停まり、そこから下りた楓は様々な思案を押し流した。

参道はたくさんの人々が行き交い、にぎやかだ。

「今日は何か祭りでもあるのか?」

とにかく人が多く、視界がちらつくようだ。

何度も瞬きをする楓に気づいたのか、彼は気遣わしげにこちらを見やる。

「いつもここは人通りが多いのです。観音様といえば清水ですから」

「そうか」

漸くあたりを観察する気力が出てきたが、老若男女、貴賤を問わず数多《あまた》の人々が参詣に訪れている。貴族の婦女か、被衣を身につけてそそくさと歩く者も見受けられた。

「彼らは何のために来ている?」

「救われたいがためでしょう」

あっさりとした返答であったが、楓は納得ができなかった。

「わからぬな。人を救うのは人ではないのか」

楓は神仏に関心はあるものの、信じてはいない。誰に祈ったところで、楓の境遇は変わらなかったせいだ。

「己の力だけでは、どうにもならぬこともあります。だからこそ、神仏が必要なのです。このご時世に、貴族たちが競って阿弥陀堂《あみだどう》を建てるのもそのためです」

「人にも、誰かを救えるはずだ」

「そのための十六夜ですか？」

どこか冷えた口調で突然そう切り込まれて、ぐっと言葉に詰まりかけたものの、楓は辛うじて返した。

「そうだ。そなたたちが顧みぬ民草には、助けが必要なのだ」

途端に光則は黙し、鋭いまなざしで楓の双眸《そうぼう》を射《い》貫《ぬ》いた。

「！」

彼の視線のあまりの鋭利さに初めて会った日のことを思い出し、楓はぞくりと冷たいものが背筋を落ちるのを実感した。近頃優しい顔ばかり向けられていたものの、この鋭さこそが光則の本質ではないのか。だとすれば、そのうち寝首を掻かれるのかもしれない。

そんな不気味な想像に襲われて、言葉も出てこなくなる。

「──左様な険しい顔をするものではありません。麗しの容《かんばせ》が台無しだ」

「ッ」

軽く肩を叩かれて、一瞬、全身が震えた。

「そ、そなたがさせたのだ」

恥ずかしいことに、声が上擦った。

「これは失礼。あなたを怖がらせたいわけではありませんでした。ただ、聞いてみたかったのです。なぜあのような真似をしていたのか」

　黙り込む楓の耳に、ふと泣き喚《わめ》く子供の声が届いた。

「もう泣くな。おっかあは死んだんだ」

「……だって……」

　母を亡くした子供の嘆きというのは、どこにでもあるものだ。それこそ鴨川縁《べり》に行けば、常に屍体《したい》で溢れている。

「もう、おっかあは帰らないんだよ。わかってるだろ、おまえも」

「だってよぉ！」

　泣きながら少年が叫んだ。

「許せねえのは、あの十六夜ってやつだ！」

　その名を聞かされ、ぴくりと楓の肩が震えた。

　十六夜は庶民の味方のはずだ。貴族や受領《ずりょう》に恨まれるのはわかるが、庶民からこんなにもなまなましい憎悪の声を聞かされる謂《い》われはない。

　耳をそばだてる楓に気づいたのか、光則は何も言わずに立ち止まる。

「あいつが、お宝を盗んだせいだ」

　耐えかねた楓は、つかつかとその子供に近づいた。

　薄汚れた、どこにでもいる貧しい身なりの子供は痩《や》せっぽちで、腕も足も棒切れのようだ。粗末な衣などどんな色だったのかもわからないような、そんな格好だった。

「あちらへ行きましょう」

　光則が耳打ちしたが、楓はそれを無視して子供に近寄った。

「どういうことだ。話を聞かせてみよ」

「何だよ」

　楓がいきなり近づいたせいで、連れと思《おぼ》しき年長の少年は警戒した目を向けた。

「十六夜のせいでおまえの母が亡くなったとは、如何なる意味だ」

険しい形相で詰問する楓に戦《おのの》いたらしく、彼は困惑した面持ちで口を開いた。

「そのまんまだ。母ちゃんは働きすぎて死んだんだ」

それくらい、よくある話だ。そう考えた楓の胸中を見透かしたのか、子供は声を荒らげた。

「それがあの悪党のせいなんだよ」

悪党とは、聞き捨てならない。十六夜は庶民を救うための存在だ。その証に施しを受けた者たちは、一様に喜ぶではないか。こんな憎悪を向けられる必要はなく、楓は戸惑っていた。

「だからさ。あいつが金持ち連中からお宝を盗めば、たいていのやつは損を取り戻そうとするんだよ」

だが、十六夜の逃げ足は速いし、そう簡単に損は取り戻せまい。

「俺たちの国の受領は、税を上げたんだ。簡単に払えないくらいにさ」

「！」

少年の言葉が、胸にぐさりと突き刺さるようだった。それは刃よりも鋭く、楓の心を切り裂いた。

税を上げれば、当然徴収される民にしわ寄せが回ってくる。

そうでなくとも受領たちはあの手この手で重税を課していると、すこぶる評判が悪い。それは知っていたものの、受領たちが盗まれた財を埋め合わせるために更に過酷な徴税を強いるとは思いもよらず、楓は呆然と立ち尽くした。

「もう、いいだろ。おっかあはもとから躰が弱かったんだ。死んじまうのがちょっと早かっただけだ。仕方ないんだ」

年長の少年が、年少を宥めるように背中を叩いた。

「どけよ」

「あ……ああ」

半ば上の空で、楓はこくりと頷いた。

謝ることさえできぬうちに少年たちは去っていっ

たが、楓は動きだせなかった。

足が痛い。心が重い。瞼《まぶた》の奥が、つんと痛い。気を抜けば泣いてしまいそうだ。

「う」

「楓様？」

涙が零れそうになった楓を背後から抱き込み、光則は、隠すように目のあたりを優しい仕種でそっと押さえる。

「泣くものではありません」

「泣いてはおらぬ！」

だが、ぽたぽたと涙は堰《せき》を切ったように溢れ、楓の頬を濡らす。きっと光則の手だって濡れているだろう。なのに、光則は「そうですか」と言ったきり動かない。

思い上がっていたのだ。

庶民を助けている――つもりだった。自分の精いっぱいの善意を与えているつもりだった。

だが、それはただの押しつけであって、かえって苦境に陥る者はいる。一部にしか手を差し伸べられないのであれば、それは救いではない。

そんな簡単なことすら、楓は知らなかったのだ。

いや、それどころか、結果的には、楓は彼らを苦しめていただけだった。

そのことが、胸に響く。罪は音となって楓の胸の中を谺《こだま》し、それが苦しくてたまらない。

「――そなたは、意地悪だ」

楓が震え声で文句を口にすると、光則は楓の目を塞いだまま「ええ」と同意する。

「知りませんでしたか？」

「……知っていた。知っていたのに、忘れていた」

このところの光則があまりにも優しく、包み込むように楓に接してくれていたから。だから、楓はすっかり忘れていたのだ。

「それでも、礼を言う」

まだ涙は零れていたものの、少し落ち着いたので、これくらいは伝えられた。

「礼？」

「人は己の過ちを知り、学ばねばならぬ」

「はい」

振り向くと、生真面目な顔で光則が首を縦に振る。

「しかし、それならどうすればよいのだ。仮にそなたも同じ望みを持つのであれば、そのために何をしている？」

「私心を持たずに今上に仕え、貴族であれ庶民であれ、誰もが幸せに暮らせる御代を作っていただくことこそが、私の望みです。そのために帝を支えてまいります」

なるほど、それは理想的な世の中であり、楓の心にも響くものだった。——けれども。

「それは、そなたが……そうできる立場だからだ。私には何もない」


十六夜は世間の矛盾の解決方法の一つのつもりだったが、必ずしも最適なものではないのか。

「だが、そなたの言うことにも一理ある。月ではなく太陽が輝くほうが、人心には……」

そこで楓が言葉を切ったのは、光則が驚いたような面持ちでこちらを見つめていたからだ。

「な、なんだ、その顔は」

「いえ……思いがけない言葉だったので」

「私とて何も考えていないわけではない」

「それはよく存じております」

恥ずかしさのあまり、楓は再び光則に背を向ける。

世の中をもっと見極めるまでは、十六夜としては動けない。いずれにしても光則の監視下にあるので、十六夜が町を走り回るのは難しい。それに、自分が下手を打って捕まれば、検非違使《けびいし》別当《べっとう》である光則の立場を悪くする可能性もあった。

さすがにそれは困る。

無論、光則のためなどでは、ない。

これは自分のためだ。

捕まって死罪になるのは、金輪際、嫌なだけだ。まだ何一つ成し遂げていないのに、こんなところで死ぬのはさすがに口惜しい。

涙は止まったけれど、光則に背中をこうして包まれているのは、悪くない気分だ。

……うん。

もう少し、こうされていてもいい。

そう思った楓の気持ちが通じたのか、光則はそのまま、じっと寄り添うように佇んでいた。


今宵は月がないせいか、星が冴《さ》え冴《ざ》えと輝いているようだ。

大内裏から戻った光則は直衣《のうし》に着替え、すっかりくつろいでいた。


「管弦《かんげん》の宴《うたげ》だと？」

煩わしい世事は忘れてのんびりしようと思った最中、家令の文博《ふみひろ》に唐突に聞かされ、光則は眉を顰めた。

「はい。左府様のたってのご提案とか」

「父君も面倒なことをお考えになる」

常に己の勢力を誇示する正光《まさみつ》のやり方には、この頃少し食傷気味だ。

光則が近頃密かな楽しみを覚えているのは、楓とのささやかなやり取りだった。

文《ふみ》を送り、歌を詠み交わすこと。職務の合間を縫って楓の住む屋敷を訪ね、会話する。それだけの積み重ねに、新鮮な喜びを覚えているのだ。そして、もう二度と無体はせぬと誓ったはずの楓に、ますます触れたくなっている自分に気づく。

あれは男だ。そう知っているくせに、なぜ、自分の中では奇妙な欲望が燻り続けているのか。

そのせいか、ほかの女人との関係は自ずと消滅してしまっていた。

「如何でしょうか？」

「選ぶ権利があるのならば、出たくはないな」

「行かずとも差し支えはないでしょう。十六夜の一件が解決していないわけですし」

「ああ」

十六夜の一件と言われ、光則は改めて眉間に深い皺《しわ》を刻んだ。

そうなのだ。帝からは会うたびに、十六夜の件には進展はないかと矢のような催促だ。清水のこともあってか楓が十六夜としての活動を休んでいるのだから、いいのではないか。そう思うのは光則だけで、世の人々はまだ十六夜を忘れていない。

このまま十六夜事件が解決されなくては、光則の検非違使別当としての役割は果たされない。

「ですが、顔を出さなくては、光則様が弱気になったと受け取られかねませんね」

「そこが悩ましいのだ」

光則はため息をつく。

管弦の宴を開くからには、おそらく右府や内府も呼ぶだろう。左様な席に欠席するのは、左府の跡取りとしてはいささかまずい。

……そうだ。

唐突な思いつきに、光則はにんまりと笑む。

一転してにやにや笑いだした光則を見やり、文博は訝しげな顔つきになった。

「光則様……？」

「決めたぞ」

「何を、でございますか？」

「一人連れていく者がいる。このあいだ注文させた衣は間に合いそうか？」

俄に快闊《かいかつ》になった光則を怪訝そうに見守りつつ、「何とかなりましょう」と文博は答える。

「よし」

艶麗な貴公子は目立つ可能性もあるが、人数が多いのだから、少なくとも、普段よりは警戒しなくてもよいはずだ。

楓に華やかな社交界の一端を見せることができる。それも彼にとっては刺激となり、成長の原動力となるだろう。

我ながらいい思いつきだと悦に入る。

それにしても、いったいこれは、どういう変化なのだろう。

確かに楓は美しいし意地っ張りなところが可愛いが、それでも最初は気に食わないと感じていたはずだ。おまけに彼は、十六夜なのだ。

なのに、己の心境の変化はあまりにも顕著で、我ながら腑に落ちない。

惚れたのか？

いや、それはない。楓はとても可愛いが、彼もまた男なのだ。光則は、狭霧《さぎり》に惚れ抜いている実親《さねちか》とは違う。

それに、楓の気持ちはどうであろうか。

光則に少しは心を許してくれた様子ではあったが、ろくに名すら呼んでくれぬし、信頼関係にはほど遠いだろう。

結局自分たちのあいだには、大した絆《きずな》などありはしないのだ。

「三条《さんじょう》へ行くぞ」

「今から、ですか？」

「ああ。馬を用意させよ」

「はい」

慌てた様子で走りだす家令たちを見ながら、光則は自分の気分が高揚してくるのをまざまざと感じた。

騎馬で楓のもとへ向かうと、家人たちはばたつきながらも光則を迎えてくれた。

「急な訪《おとな》い、如何なさったのです？」

妻だというのに、相変わらず几帳の向こうというのはつれないものだ。

「あなたにたっての頼みがあるのです。中に入れてはくれませんか」

「――仕方ない、入れ」

かたちばかり女性の衣を羽織った楓は、言葉とは裏腹にやわらかな顔つきだった。

こういう楓を見ると、ほっとする。

「そなたに話があった」

「何ですか？」

「例の、大和《やまと》の寺領の所有者の件だ。母君の弟がその住職だったと思い出したので、文でもないかと探してみたのだ。これによると二十年ほど前に……」

楓は途切れずに語りだし、その流れるような言葉に光則は瞠目《どうもく》した。所有者が判然としない寺領に関しては陣定《じんのさだめ》でも紛糾しており、先だってここを訪れた折り、酒に酔った勢いでぼやいたのだが、きちんと調べてくれていたとは。

「どうだ？」

「素晴らしい調査です。ありがとうございます」

「少しは役に立ったか？」

「ええ、かなり」

「ほかに何かないのか？　私は退屈でならぬ」

楓は退屈そうに、それでも射竦《いすく》めるようなまなざしで光則を凝視した。

「このたび、私の父が管弦の宴を開きます。そこに、楓様にも是非出席していただけないかと」

「私に？」

「ええ」

「馬鹿も休み休み言ってはどうだ。晒し者になれというのか？」

楓は細い眉を吊り上げ、文字どおり怒りを露にする。

「まさか。あなたには、社会に出ていろいろな経験をしていただきたいと申し上げたはずです。その一環です」

「………」

光則の真摯な言葉に耳を傾け、楓が沈黙する。今の提案を、彼なりに吟味しているのだろう。

常に言いたいことを言っているようで、楓は自分の気持ちを呑み込んでいる節がある。何かまずい発言をすれば、再び自由のない生活に逆戻りするのではないか——そんな恐怖が、彼を蝕《むしば》んでいるのかもしれない。

だからこそ、楓をその呪縛から解き放ちたい。

何でもいい。

彼のためにできる事柄があれば、一つでも多くしてやりたいのだ。

「父の宴ならばたくさんの客人が出入りしますし、多少の失敗があっても気づかれないでしょう」

「私が失敗すると思うのか？」

むっとしたように楓が胸を張ったので、少しは興味があるのだろうと踏んだ。

「まさか。ですが、何事にも練習と場数を踏むことが肝要です」

「………」

楓はむっつりと押し黙り、ちらちらと光則の顔を窺っている。おそらく、光則がどれほど本気かを知りたいのだろう。

「新しい衣は、ただいま作らせております。宴まではできあがるでしょう」

「また衣を？」

すぐさま顔を上げた楓は表情を輝かせており、それからしまったとでも言いたげに顔をしかめた。

「ええ。いつもお召しになっている狩衣《かりぎぬ》では、少し障りがありますので。かといって元服していないのに直衣では何か尋ねられたときに面倒でしょうし、以前とは逆に半尻《はんじり》を」

やはり男の格好で人前に出られるのは、楓にとっては喜ばしいことのようだ。

楓はふんと鼻を鳴らし、「いいだろう」と権高に頷いた。それが精いっぱいの楓の虚勢であることくらい、もうわかっていた。


とうとう、その日がやってきた。

光則の申し出を聞いてからというもの、楓にとっては日々が過ぎるのは遅く感じられ、何もかもが焦れったくてたまらなかった。

早く管弦の宴になればいいのにと願い、気持ちばかりが逸《はや》った。

多くの人々が訪れる宴は、一瞬たりとも気が抜けず、危険が隣り合わせだ。上手く振る舞わなくては、すぐにぼろが出てしまうだろう。だが、そこを切り抜ければ、楓の見る世界はもっと広がるかもしれない。

この先二度と、男として生きられなかったとしても。それでも、いいのだ。

ちり、と胸の奥が痛む。

忙しくすることで微かな痛みをどこかに追いやり、宴まであと少しというときになって真新しい衣が届いたのも、楓の心を軽くさせた。

そして、当日。

「楓様、お手伝いなさいましょうか？」

「半尻ならば一人でよい」

仰々しい衣冠《いかん》や束帯《そくたい》であれば着付けに人手も必要かもしれないが、半尻は問題ない。

真新しい衣に身を包んで緊張に唇を結ぶと、やってきたばかりの光則が「これはこれは」と目を瞠る。

「どうだ、これで」

「素晴らしいです。見事な公達《きんだち》ぶりだ」

口許を緩めた光則に手放しで褒められると、なんだか恥ずかしくなってしまう。

寧ろ、立派な衣装を纏った光則のほうが惚れ惚れとするほどの男ぶりなのだが、それを口に出すのはくすぐったい。

照れくささから俯きそうになるが、楓は逆に毅然と背筋を伸ばした。

「どこへなりと、連れていくがよい」

「はい、こちらへ」

光則が用意していた牛車へ導く。

三条の屋敷から左大臣の館までは、牛車でのろのろと行ってもそう遠くはない。

普段、己の屋敷まで、光則はどのように通っているのだろう。時々束帯のまま訪れることもあるから、結構な距離なのかもしれない。

そう考えてから、楓ははっとした。

いつの間にか、自分はしょっちゅう光則のことばかり考えている。

十六夜稼業を忘れ、日常に追われている。

自分の持っていた志は、いったいどこにいってしまったのか。

救われない民と己の心はどこに行くのだろうか。

「検非違使の仕事はどうなのだ」

「どうと言われても、進展はありません」

それはそうだろうと言いたげな口調に、楓ははっとする。話題が欲しかったのに、自分が持ち出したのは一番好ましくないものだった。

「……すまぬ」

「いいのですよ」

慰めるように、光則はふっと微笑む。

「これからのことは、少しずつ考えます。幸い、帝も十六夜の件は忘れておられますゆえ」

「そうか」

帝がそこまで気にしていないのであれば、少しはましだろうと安堵した。

「それよりも、このあいだ調べていただいた寺領の件です。無事に解決したので、そのことをご報告しようと」

「そうであったか。それはよかった」

誇らしい気分になり、楓は知らず胸を張る。

「とても助かりました。あなたのおかげです」

そんな話をしているうちに、牛車は到着したようだ。門から入った二人は車から降り、中門廊《ちゅうもんろう》からゆっくりと寝殿に向かって歩いていく。

「庭から参りましょう」

「ん」

心臓が弾む。廊を越えて庭に向かうと、池が見えた。鴨川から水を引いているという池には、いわゆる竜頭鷁首《りょうとうげきす》の舟が浮かべられている。おそらくそこに楽人が乗り込み、楽を披露するのだろう。これはきっと素晴らしい宴になるに違いないと、初めて目にする光景に楓は心を躍らせた。

屋敷には既に多くの人々が詰めかけており、廂《ひさし》にずらりと公達が並んでいる。庭にも席がしつらえられ、宴の規模の大きさに楓は改めて躊躇《ちゅうちょ》を覚えた。

「どうぞ、こちらへ」

「……ああ」

緊張を押し隠して静やかに歩いていると、人々があからさまに怪訝そうな顔をしている。

「あの者は誰であろう？」

「見たことがないな。亜槐《あかい》様が連れておられるのならば、左府様の血縁であられるのか？」

そんな囁き声が耳に届き、楓は面映ゆさと恥ずかしさに頬を染めた。

「屋敷の中は、あとで案内いたしましょう」

「うん」

左様に気遣わずともよいのに、光則はこのところやけに優しい。清水で見せたあの一件を気に病んでいるのだろうか。あれは楓の罪であり、罰を受けるのは当然だ。光則が気にする必要はない。

けれども、光則が自分を案じてくれるのはとても嬉しい。

……嬉しい？

楓は小首を傾げた。

自分の気持ちは、己にも掴みかねている。

「さあ、宴が始まります。どうぞこちらへ」

「ん」

言われるまま席に導かれ、楓は夢見心地で宴の有様を眺めた。

初めて参加する貴族の宴というものは、何もかもが派手で楓は度肝を抜かれた。

先ほど見かけた舟に楽人が乗り込み、楽を奏で始めており、さながら天上の音色を響かせるようだ。

斯様に美しい世界が世の中にあるとは。

ここにあるすべては、今までに楓が知らずにいたものだ。

心臓がどきどきして、昂奮に思わず身を乗り出してしまう。そんな自分を見て光則が微笑んでいるのはわかるけれど、止められないのだ。

まるで夢のようだ。

この場に自分がいることが。こうして傍らで光則が笑っていることが。

かたちや理由はどうあれ、この人は、楓に新しい世界を見せようとしてくれているのだ。

そのことが、とても喜ばしいと素直に思えた。

壮麗な宴が終わったあと、光則は父である左大臣に用事があるそうなので、楓は一人で庭に佇んでいた。

未だに瞼の裏に、饗宴《きょうえん》の余韻が残っている。

「……亜槐殿も斯様な席に出られるとは、なかなかに厚顔ですな」

どこからともなくそんな声が聞こえ、楓はぴくりと身を強張らせる。

「まったくです。十六夜一人、捕まえられぬというのに、帝のご寵愛があるのをいいことに……」

あまりにも悪《あ》し様《ざま》なので、聞き耳を立てる楓に気づいているのではないかと思えたほどだ。

しかし、そうではないらしく、彼らの会話は続く。

「あの盗人のことは、一条《いちじょう》の相公《しょうこう》様は如何にお考えですか？」

「最近なりを潜めているようだが、それもまた不気味だのう」

一条の相公——その呼び名と月明かりに照らされた直衣の色から、彼が参議の一人であるのだと察した。

一条は内裏近くの地名で、相公とは参議を表す唐の言葉だ。

一条で暮らす参議となれば、確か橋爪某《はしづめなにがし》のはずだ。

相手は誰なのかと、俄に好奇心が湧き起こってくる。

「どうやら、盗みをし終えて一生分の収入を得たなどという噂もありましてな」

「十六夜は貧しい人に盗んだ宝を配っていたのであろう？」

「ですが、私腹を肥やしていた受領の中には、正直に被害の総額を伝えない者もおりますからなあ。じつは十六夜は、もっとがっぽり稼いでいるかもしれませんぞ」

そんなわけがないが、反論はできなかった。

「なんとまあ、勝手なことを。かき回すだけかき回すとは」

二人の男は光則と同じくらいの年代だろうが、暗がりで顔つきまではわからない。ただ、身なりもよく身分のある公達であることは知れた。

「それもこれも、大納言殿が捜査に身を入れぬのがいけないのではと噂になっているそうじゃなあ」

心臓がぎゅっと絞られるように痛くなる。

楓のせいだ。光則が十六夜を捕まえられない理由は、明白だった。

「奥方が大層美しいと惚気《のろけ》ておられたとか」

あの光則が惚気るわけがないが、その点は悪い気はしない。

「ほほう、一度見てみたいことよのう。あの光則殿を骨抜きにする内親王《ひめみこ》か」

「光則殿の体たらくでは、帝のお心を損ねて離縁でも命じられかねませんからな。美しい姫御であればそこを掠め取っても……」

「おやおや、相公様も人がお悪い」

「そう言う宿禰《すくね》殿こそ」

二人は声を潜めて笑った。

宿禰……というと、大昔に制定された八色姓《やくさのかばね》にちなんでいるのだろうか。宿禰は臣下を表す序列第四位の姓で、宿禰に由来する氏族は物部《もののべ》氏や大伴《おおとも》氏らがいるが、いずれも既に没落している。現在でも権力を保ち、この宴に来られるほどに地位があるのは小槻重正《おつきしげまさ》——確か権中納言だ。

言葉遣いこそ丁寧であったが、彼らが光則を快く思っていないのは明白だった。

楓を捕まえない限りは光則の手柄はない。現状では、いずれ帝も光則に愛想を尽かすかもしれない。

だが、光則が楓を突き出さないのは己の保身のゆえではない。楓自身を尊重してくれているからのように思えるのだ。

ただただ、心がざわめく。

光則は私心なく帝に仕えており、彼はその治世を支えるのが民草の幸せになると信じている。

それと同じ夢を見られれば、自分も彼のために何かできる。民のために、人のために生きられる。

だが、その覚悟がつかずにいるのだ。

いつの間にか二人の話し声は遠ざかり、どこかへ行ってしまったようだ。

途端に、全身を気怠《けだる》い疲労が満たしているのを実感する。

牛車に先に戻り、光則を待っていようか。

光則の牛車を探していると、車溜《だ》まりで語らっている各家の随身や牛飼童《うしかいわらわ》らがじろじろと楓を見つめる。

「！」

男の一人が楓に目を留め、まじまじと凝視しているように思え、慌てて顔を背けた。

よくよく考えれば、楓はただの貴公子としてここに来ているのだから、疚しいことはないはずだ。

だが、彼の視線があまりにも鋭かったので、顔を背けずにはいられなかった。

「宴は如何でしたか？」

自宅に戻り、廂に座した光則から問いかけてみると、袿《うちき》に着替えた楓は瞬きをする。

男装のままでもいいと思うのだが、やはり、誰かに見つかってはならぬと考えているのだろう。

「それはそれは素晴らしく……」

言いさした楓は、そこで言葉を切った。頬を紅潮させているのに気づかれたと感じたのか、さりげなく檜扇《ひおうぎ》で自分の顔を隠す。

けれども、耳まで赤いのだから意味がない。

「おや、褒めたことを後悔しておいでか」

「そうだ」

「これは正直ですね」

言い終わったところで、我慢できずに光則はぷっと吹き出した。

「何を笑う理由がある」

拗ねたように口を噤む楓が可愛らしくて、光則はますますおかしくなった。

こんな自然な楓の姿を見るのは、初めてかもしれない。

　手始めに菓子を勧めてやると、楓は恐る恐る一つ摘んで口にする。これまでの楓の好みを考えればかなり旨《うま》いはずだが、素直に美味しいと認めないところがすこぶる楓らしかった。

「如何ですか？」

「まあ、食べてやってもよい」

「お嫌いなら、残りは私が片づけましょう」

「ならぬ！」

　慌てたように高坏《たかつき》を押さえる楓の俊敏な動きに、笑いも引っ込むほどだった。

　そういうところが愛おしくて、光則の気持ちを引きつけていることに気づいていないのだろうか。

　今も、こんなに胸が震えている。

　楓が、可愛すぎて。

　照れているのか、今の楓は苦虫を嚙み潰したような顔つきになっている。その素直でないところも、またよい。

「そう、物珍しげにじろじろ見るな」

「そうなのですが」

　困ったように目を伏せた楓の、長い睫毛。

　まいったな。

　これはもう、認めなくてはならないのかもしれない。

　楓の性別など、知ったことではない。自分はすっかり楓に心を奪われてしまっている――と。

　だが、それは光則が抱いてはいけない感情だ。

　自分は楓に子供っぽい怒りをぶつけて酷い目に遭わせた。それ以上に、可愛い弟を苦しめ、傷つけ続けたという過去もあった。

　ゆえに、楓に注ぐ感情は慈しみだけでよいと決めている。夫婦《めおと》としての関係はかたちばかりのものだから、自分にできるのは、彼に外の世界を見せ、成長の足がかりを与えることだけなのだと。

なのに、抑えようと思っても気持ちは止まらない。彼の一挙一動に目と心を奪われ、少しでも長く見ていたいと願ってしまうのだ。

「参議の」

不意に楓が、彼に似つかわしくない言葉を持ち出した。

「え？」

「参議の橋爪……という者は、権中納言と親しいのか？」

橋爪だと？

あのにやけ顔の、狡猾《こうかつ》そうな男か。ひょろりとしていて何を考えているのかよくわからず、光則は彼が得手ではなかった。

あちらも光則を競争相手と目《もく》しているらしく、何かと突っかかってくる。十六夜捕縛の進捗が芳しくない点で、嫌みを言われたこともある。彼などは貴族でも珍しく裕福だから、盗賊は怖いのかもしれないが、とにかく苦手な人物だった。

楓が初めてほかの男の名前を明確に挙げたのが、橋爪だとは。

どこかで接触でもあったのだろうか。先ほどの管弦の宴か、あるいは、内親王としての楓の宮に文でも届けられたのか。

「どうした？」

促すように問われて、光則は気もそぞろに頷いた。

「え、ええ、まあ」

「――そうか」

楓は躊躇いつつも、相槌を打つ。

「橋爪様は商才がおありで、荘園の経営も上手く財産を着実に殖やしておられる堅実なお方です」

「ふむ……」

とはいえ、同じ公卿に金を貸しているとかで評判はあまりよろしくなかったが、そこは黙っておく。

「一方、権中納言は小槻家の子孫ですから風雅で歌才も持ち合わせたお方です。些かしつこいせいか、女人の評判はいまひとつのようですが。お二人を宴でお見かけしたのですか」

「えっ。あ、うむ、それ以外に何かあるのか？」

少し狼狽したように、楓が声を上擦らせた。

「いえ……」

よく考えてみれば、楓が問うたのはごくあたりまえの内容だ。

なのに、なぜだろう。

次第に悪心すら覚えて、光則は己の腹のあたりを押さえた。

光則の名さえ呼ぼうとせぬ楓がほかの男の噂をするのは、それだけで至極腹立たしい。

苦いものを胸中に覚え、光則はそれを追いやろうと試みる。

「あの男がどうかしましたか」

「いや……その、何でもない」

何でもないという素振りではないものの、問い詰めたところで楓の機嫌を損ねるのは目に見えていた。

「その者が何か、楓様を不安にさせるようなことをしたのでしょうか」

「私を？　私は不安になどならぬ」

重ねて問いかけたせいでむっとしたように楓が声を荒らげたので、光則は自分が失敗したのだと悟る。

「申し訳ありません」

「……べつに謝ることではないだろう。話を持ち出したのは、私だ」

楓はどこか面白くなさそうな様子で言うと、するりと光則の脇を抜け、廂に立って御簾《みす》越しに月を見上げる。

「もうすぐ十六夜か……」

呟く彼の前で、風に乗って御簾が大きく揺らぐ。

「宮様、不用心が過ぎますよ」

「あっ」

思い出したように頷いた楓が身を翻し、急いで奥へ引き籠もる。

光則が外に連れ回すようになった弊害か、近頃の楓は自分の顔を隠すという大原則を忘れているようだ。

光則は内心でため息をつく。

自分は彼をいったいどうしたいのだろう。

どうすれば、この可愛い人が心を開いてくれるのか。光則には何が足りないのか、自分自身でもよくわからなかった。

八、紫苑《しおん》

我を思ふ人を思はぬむくいにや
わが思ふ人の我を思はぬ
よみ人しらず

都は既に、秋風が吹く季節となった。

光則《みつのり》の役目はこれまでと変わらず、十六夜《いざよい》事件に進展がない以上は、検非違使別当《けびいしべっとう》の役目に変化はない。

衣替えも終わり、今もこうして御仏《みほとけ》を前に手を合わせてじっとしていると、寒風が身に沁《し》みる。このような時期、楓《かえで》は如何に過ごしているのだろうか。

光則の思考は、自然と楓のもとへ向かう。

「殿！　殿！　大変にございます」

寝る前に自宅で念仏を唱えていた光則のもとに、家令の文博《ふみひろ》が走ってきた。

「何事だ、騒々しい」

「検非違使庁から使者が参りました」

「検非違使庁から？」

夜分に、いったいどんな用件だろう。眉根を寄せる光則の耳に届いたのは、信じられぬ言葉だった。

「十六夜が現れたのでございます！」

「十六夜が？　どこに？」

最近は楓自身も何かを感じ取ったようなので、十六夜稼業はすっかり休んでいるとばかり思っていた。

だが、楓はそんな光則の信頼を切り捨てたというのか。

「源《みなもとのよしふみ》良史様のお宅でございます」

「なんと、良史殿のところか！」


すぐに女好きの友人の顔が思い浮かび、光則は急いで狩衣《かりぎぬ》を脱いで直衣《のうし》を身につけ、冠を被った。正式の衣装である衣冠束帯《いかんそくたい》ではなく直衣で参内する勅許は得ているので、いざとなったときに冠直衣で問題はない。

待てよ。その前に、楓が三条《さんじょう》の屋敷にいるか、確かめるのが先ではないか。

楓こそが、十六夜なのだから。

けれども、心の片隅では信じていた。

これは楓がしでかした事件ではない――と。

楓が十六夜をやめると話してはいないものの、明確に続けるとも言っていない。清水《きよみず》での体験も、彼なりに心に刻まれているはずだ。

だからこそ、不用意に問うことはできない。

「殿？　如何いたしましたか？」

「いや。出かけるぞ」

さすがにここで三条に立ち寄っては、部下たちに不審を抱かせてしまう。

　悩んだ末に、光則は右京六条に急行した。現場には既に検非違使たちが駆けつけており、光則を認めてお辞儀をする。

「お、おお、亜槐《あかい》……いや、大理《だいり》殿」

　急ぎ足でやって来た良史は、額に汗を滲ませている。

「盗みに入られたとは、災難だったな」

「う、うむ、そう、そうなのだ」

　いつものののんびりした素振りは鳴りを潜め、彼はおどおどと視線を彷徨《さまよ》わせる。

「安心してよい、十六夜は盗人だが命までは取らぬ。正直に話しても報復はあるまい」

「……そうであったな」

　良史は息を吐き出した。

「それで、誰か十六夜を見た者はないのか？」

　光則が尋ねると、検非違使の一人が一歩前に出た。

「逃げ足の速いやつで、どこを探しても見つかりません」

「盗まれたものは何だ？」

「唐物《からもの》の香炉だ」

　蒼白《そうはく》の良史が、振り絞るように言った。

「……香炉か」

　香炉とは、十六夜には珍しく大物だ。これまでは軽く高価な品ばかり狙っていたのに、いったいどういう心境の変化なのか。

「こ、香炉が何か？」

　狼狽《ろうばい》した様子の良史に尋ねられ、光則は首を横に振る。

「いや。——例の書き置きはあるか？」

「これです」

　部下の一人が差し出した紙切れに、光則は違和感を覚えた。今夜の十六夜が現場に残したのはざらざらとした粗悪な紙で、これまで使っていたものとはまるで違う。

結婚して紙が手に入らなくなったのではとの考えもちらりと脳裏を過ったが、それはなかろう。

文《ふみ》のやり取りにおいても楓から託されるのは凝った料紙ばかりで、斯様な質の悪いものを受け取った記憶はない。

そのうえ、三条の屋敷でそれなりに使用人も増えた現在、楓が易々と家を抜け出して十六夜の真似ができるとは思えない。

やはり、今夜この場に現れたのは十六夜の偽者と見てよさそうだ。

安心すると同時に、苦いものが舌の上を撫でる。

「すまぬが、家人に任せてもう休んでもよいか？」

動揺しているらしく、良史は真っ青だった。

「ああ、疲れたであろう。我らに任せて、ゆっくり休まれよ」

「うむ……あとは頼んだぞ」

「ああ」

尤も、家人に状況の聞き取りを行うのが手いっぱいで、すぐさま逃げおおせたという十六夜の足取りは杳《よう》として知れなかった。

「別当！　大変です！」

今度は別の部下が走り込んでくる。

「何だ？」

「また十六夜が現れました」

「……何だと？」

まさかの報告に、光則は目を剝《む》いた。

「今度は一条《いちじょう》の相公《しょうこう》——橋爪《はしづめ》様のお宅です！　何でも、帝の下賜なさった香炉が盗まれたとか！」

あまりのことに、光則は凝然《ぎょうぜん》と立ち尽くす。

十六夜が連続で盗みに入るのは、これが初めてだった。

結局十六夜の盗みは、二軒に留まらなかった。

一晩に三軒。

その派手な盗み方ゆえに、光則はますますこれは偽者だという確信を強めた。

おまけに、被害に遭ったのは良史のほかに一条の相公と呼ばれる橋爪輝美《てるよし》と、小槻重正《おつきしげまさ》の二人。小槻から十六夜が盗んだものは、やはり香炉だった。

光則は帰宅せずに検非違使庁へ向かい、様々な指示を下した。

一息ついたところで、今度は光則のもとへ蔵人《くろうど》が急ぎ足でやってくる。

帝のお召しで、至急清涼殿へ向かうようにと告げられた。想像はしていたが、早すぎる。しかし手がかりも皆無なので、光則は憂鬱な気分で腰を上げた。

清涼殿に向かうと、主上は忙しなく笏《しゃく》で自分の掌を叩いている。

「おお、大納言か」

光則に挨拶も許さず、主上は不機嫌そのものの面持ちで続けた。

「またしても十六夜が現れたようだな。しかも、一夜にして三軒も盗みをしたそうではないか」

「はい。犯行を防げなかったのは、不徳の至りです」

今度ばかりは項垂れるほかなく、光則は帝の御前《おんまえ》で視線を落とす。

「暫く鳴りを潜めていると思っていたが、痺《しび》れを切らしたようだな。まさに大胆不敵ではないか」

「近頃は姿を見せず、検非違使の力が軽んじられたのでしょう。つくづく、私の失態です」

笏を握り締める帝の苛立ちがじわじわと伝わってくるからこそ、よけいにやるせなかった。

いったいどこの誰が、十六夜を騙《かた》ったのだろう。

「これは十六夜の、我が治世への挑戦に違いない。おまけに、此度は一条の相公に私が下賜した香炉まで盗んだそうではないか！」

「……は」

そうだった。帝は、いつもと盗みの傾向が違うからと、十六夜の偽者に違いないと考えるような人ではなかった。

寧ろ、昨晩の盗みは帝の怒りに火を点けてしまったようだ。

「ところでそなた、楓の宮とは上手くやっているのか」

いきなり話を変えられ、光則は返答に詰まった。よもや、帝は何もかもご存じなのではないか。そんな不安が押し寄せてきたからだ。

「勿論でございます」

「それは結構なことだな」

ふん、と帝が鼻を鳴らした。

「こちらが何の目算もなく、妹を降嫁させたとは思うまい？」

「――はい」

別段、帝がすべてを悟ったというわけではないようで、光則は安堵した。

やはり、帝は帝。少し抜けたところが有り難い。

単純な彼の思惑は透けて見える。

大切な妹をやったのだから、粉骨砕身して働けと言いたいのだ。無論、光則とて十六夜を捕らえていいのであれば、とうに実行している。

いっそ対話をさせるために楓を帝の前に引き出してもよいが、苛烈な気質の帝が容赦しないのは想像がつく。話し合わせても、聞く耳を持つまい。

「そなたが成果を上げねば、こちらも考え直さなくてはならぬ」

問い詰める帝の声は、常にないほどに険しい。

「わかっております。これまで私が、今上のご意向を無にしたことがありましたでしょうか？　どうか、暫しのご辛抱を」

「……そこまで申すのであれば、仕方ないな」

帝はこれ以上光則に八つ当たりは無駄だと思ったらしく、「もう下がれ」と硬い口調で言い放った。

臣下として、帝の愁いを拭い去れない自分が不甲斐ない。

とはいえ、帝の言い分にも一理ある。

世の中が変わらないのに痺れを切らした十六夜が、派手なやり方で宣戦布告した可能性もないとはいえないのだ。

楓の所行ではないはずだと確信していても、別当として、身内だからとの理由ですべてを信じ切ってはいけない。

もし第二の十六夜が現れたのであれば、それはどこの誰なのか。本当に楓とは無関係なのか。それを調べなくてはいけなかった。


「――十六夜、だと？」


生駒《いこま》の発言に、楓は目を丸くする。最初は彼女が自分を担いでいるのだろうと笑い飛ばしかけたものの、生駒はいたって真剣だ。

「ええ。先ほど下人がそう噂しておりました。何でも、この文を持ってきた童《わらわ》が申していたとか」

「文？」

見れば生駒は、木の枝に結ばれた一通の文を持っている。

光則からだろうか。

風雅な手法で贈られる文は光則には珍しく、楓の胸は震えた。

「それより、その十六夜は偽者であろう？」

「あなた様の身に覚えがなければ、偽者でしょう」

「あたりまえだ。私はずっとここにいたのだから」

光則が来ないと思えば、そういうことか。

「ならば、それは光則様から？」

「いえ、ほかの殿方からの文でございます。なかなかの筆蹟、歌もよいものですわ」

　意外な返答に、文を受け取った楓の視線が泳ぐ。

「違うのか？」

「殿からでしたら、検分などいたしません。おおかた透垣《すいがき》でもなさって、楓様を見初めたのでしょう」

　そういえば、このあいだ光則といるときに御簾《みす》が捲れ、妙な視線を感じたような覚えがある。

「なんと物好きな」

　まさしく頭が痛くなってきて、楓は大きくため息をついた。

「まったくでございます。斯様な姫御のどこがよいのでしょう。しとやかさの欠片もありませんのに」

　そう指摘されても、楓はもともとが男なのだから仕方がない。今だって、誰かに見られては困るという理由で小袿《こうちき》を羽織り、あえて女の装束を身につけているだけなのだ。

「しとやかである必要はないだろう」

「いつまでも光則様に甘えているわけにはいかないのですよ？　いつ離縁されてもおかしくないのですから」

　生駒の言葉にはぐうの音も出ないが、少しばかり反発したくなるものだ。

「私に落ち度はない」

「……まさか本心ではないでしょうね？　さんざん光則様のお仕事を邪魔しているのに！」

　確かにそうなのかもしれないけれど、生駒にはっきり言われてしまうと胸が痛む。

「私は、もう……十六夜はしない。できない」

　何かを盗み、施すだけでは貧しい庶民を救えない。それはかえって誰かを苦しめかねない、諸刃《もろは》の剣でもあるのだ。

「十六夜を捕らえようが捕らえなかろうが、光則様のお立場は悪くなるのではありませんか？」

　なるべく考えぬように頭の隅に押しやっていたこ

とをずばりと言い当てられ、楓は胸のあたりをぎゅっと押さえる。

「――それは」

「楓様が十六夜だと世に知れたら光則様に累が及びます。夫婦なのですから、なぜ気づかなかったのかと人様には責められる。それを避けるためにも、まずは離縁なさるのではと申し上げたのです」

楓が活動を始めた時期は光則との婚姻の前とはいえ、光則は楓が十六夜だと既に知っている。それでも検非違使に届けなかったのだから、それなりに罪があると断じられても仕方がないだろう。

「楓様は、あのお方が苦境に追いやられたと聞いて心は痛まぬのですか？」

痛むに決まっている。

出会いは乱暴だったし、光則は最初の頃はひどく意地悪だった。

だが、彼は楓に自由を与えてくれようとした。

つかの間の、甘美な何かを。

今も、光則を思えば心が疼《うず》く。胸が痛み、苦しくて息ができなくなりそうだ。

だからこそ、そんな彼に恩を仇《あだ》で返すような真似だけは避けたい。

「余人に知られなければいいのだ」

「そうはいきませぬ」

「では、第二の十六夜が捕まればいい」

「捕まったところで、己は本物の十六夜ではないと言われてしまえば、捜査は終わらぬでしょう」

生駒は妙に頑固だったが、それはそれで納得できる返答でもあった。

「う……」

改めてその事実を突きつけられると答えるのも能《あた》わず、楓は無言で表情を曇らせる。

盗みをやめれば、いずれ十六夜の存在は世間から忘れ去られるのではないかと思っていた。

しかし、現実には十六夜の名を利用する不届き者もいる。

ただ、やめるだけではいけなかったのだ。

そもそも、最初は、帝の威光を傷つけ、光則の鼻を明かしてやるつもりだった。

けれども、光則が思い描く理想は楓にも共感できるものだった。それが叶《かな》うかどうかはまだわからぬが、光則なりに理想とする治世に近づくための努力をしているのは見て取れた。

夫としての光則も我《わ》が儘《まま》で身勝手な男ではなく、寧ろ思いやりが深く、理知的で、楓が上手く息がつけるように年上の余裕をもって振る舞ってくれる。

宇治も、清水も、自分には一生縁がないだろうと思っていたのだ。

せめてもの礼に、いや、詫《わ》びに、自分から離れていくことも選択肢の一つではないか。

——ううん。

楓とて、光則と離縁したいわけではない。

いずれ離れるのはかまわないが、もう少しでいいから、今のままでいたかった。

ならば、第二の十六夜とやらをこの手で捕まえてやるのはどうか。

せめて、光則の役に立ちたいのだ。

十六夜が一人だろうと二人だろうと、まったく捕まえられないよりはましだろう。

光則は検非違使なので、動けるといってもかえって限度があるはずだ。だが、楓が少年の格好で市場を動き回れば、そこそこの情報は手に入るだろう。

「それから、その歌はどうにかしませんと」

「あ……うん。そうだな」

楓は深々とため息をついた。

「あれ……」

広げてみるとそれは、先だっての管弦の宴で声を聞いた宿禰《すくね》——小槻重正からのものだった。

以前、光則が用意してくれた浅黄色の水干《すいかん》。垂髪《すいはつ》に括《くく》り袴《ばかま》でそれを身につけた楓は、幸い誰にも見咎められずに屋敷を飛び出した。

三条の屋敷はこれまで暮らしていたあばらやと違って人が多いものの、家人は楓をべったり見張っていられるほど暇なわけではない。

幸い、三条の屋敷から葛葉小路《くずのはこうじ》まではそう遠くなかった。

「わ……」

相変わらず、葛葉小路は活気で溢れていた。

婚儀を機に家移りしてから初めてここに出向いたが、ここまで近いとは思わなかった。これならば、ぎりぎりまで情報収集をしていても、家にはさほど苦労せずに帰れる。

楓が品物を見るふりで盗み聞きに夢中になっていると、店主たちが知り合いらしい相手と何やら話し合っている。

「だからねえ、そいつは違うんじゃないかって」

「え？　香炉のことかい？」

「ありゃあ簡単には売れないからなあ」

どうやら第二の十六夜は香炉を盗んだようだ。

もっと軽くて処分しやすい宝を選べばいいのに、なぜそんな品を？

「——よう、小僧」

腕組みをして考えていたところで不意に声をかけられ、楓ははっと顔を上げる。気づくと道を塞ぐように大柄の男が立っており、楓を見下ろしてにっと笑った。

「私に用事なのですか」

見知らぬ相手だったので、楓は仕方なく丁寧な口調で問うた。

「おや、覚えてないのか。あれほど俺を虚仮《こけ》にしたくせに」

虚仮、だって？

いったいどういうことだ？

「おかげでこっちはお役目をくびになるし、さんざんだってのによ」

「！」

思い出した。

光則と出会った頃、この葛葉小路で楓を捕らえようとした武士だ。

確か、検非違使だったはずだ。名前は俊邦《としくに》だったか。

当時は立派な身なりでこんなに崩れていなかったように思うが、相手の変化の大きさにたじろいだ。

「ちょっと話があるんだ。来てもらおうか」

「私には、話などない」

「ほう」

俊邦は下品な薄笑いを口許に浮かべ、楓の言い分などまるで意に介さぬ風情だ。それが腹立たしいものの、出口を塞がれてしまっている。

一《いち》か八《ばち》かだ。

楓は俊邦の左脇を抜けると見せかけようと、右足を踏み出した。咄嗟に俊邦がそちらに気を取られるのは、計算済みだ。

「！」

がら空きになった俊邦の右脇をすり抜けた楓は、そこでいきなり足を止めた。路地の出口に、もう一人いたのだ。

すぐに追いついてきた俊邦が、背後から楓を抱き締めた。

「放せ！」

俊邦の胸に抱き込まれた楓は自分の手を振り回したが、岩のように硬い男の躰はぴくりとも動かない。

怖い……！

「おとなしくついてくれれば、何もしねえよ」

信じられるわけもなかった。

「私に何用だ？」

「あんたは別当の身内なんだろ？」

「っ」

なぜそれを知っているのかと、一瞬にして肝が冷えた。

「わかったらこっちにきな」

出自までは知れていないだろうと高を括っていたが、光則と縁があると見抜かれた理由が不明な以上は、迂闊な真似はできない。

勘がよい人間であれば、楓こそが楓の宮と気づいてしまうかもしれないのだ。

男はひょいと楓を抱える。

「下ろせ！」

「怪我《けが》したくなかったらじっとしてな」

このような混み合った市場では、どんな不調法な人間がいたとしてもおかしくない。それを呑み込んでしまう、不思議な空気が漂っていた。

「こっちだって、漸く次の仕事を見つけたんだからな。逃がすわけにはいかねえんだよ」

いったいどこに連れていかれるのだろう？

不安だった。

光則の役に立ちたいと思っただけで、こんな大それた冒険に出るつもりはなかった。十六夜として盗人となっているときでさえ、こんなに心細くなったことはない。

自分は、何かが変わってしまったのだ。

その証に、無鉄砲だった楓は、未知の恐怖に震えている。それが楓にとって、何よりも信じ難かった。

男は楓の腕を縛ると、頭の上から衣を一枚被せて二の腕のあたりをぐるりと括った。これで前が見えない。

男に抱き込まれるようにして馬に乗せられたまま、南へ向かっている。どうしてわかるのかというと、左半身にちりちりと陽の光が当たったからだ。この時間ならば、太陽はまだ東にあるはずだ。

暫く進んだあと、やっと馬が足を止めた。

「歩きな」

そのまま小突かれながら、おずおずと歩きだした。何かを踏んだと思ったのは、屋敷の入り口のようだ。引っかかって転んだところが行き止まりだったが、「止まれ」と声をかけられた。

やがて目隠し越しにあたりが更に暗くなるのを感じ、自分がどこかに閉じ込められたのを悟った。

ここはどこだろう。

左京の外れ――都の南端を出たのか、留まっているのか。

普通の少年ならば恐怖に戦《おのの》くかもしれないが、泣いても何にもならないという自覚はあった。

このまま、殺されるのだろうか。

何とも言えぬ気分で、楓は考えに沈んだ。


あれから、どれほどの時間が経っただろうか。

床板の上に腰を下ろし、楓は緊張に満ちた時間を過ごしていた。

「………」

じっと耳を澄ましていると、外で人の声が聞こえてきた。

続けて戸が開く気配がする。

衣擦《きぬず》れの音。話し声。

やがて誰かがどかどかと入ってきて、強引に楓の顔を覆っていた衣を剝いだ。

眩しくて、すぐには目が慣れなかった。

「俊邦に聞いて、驚いたぞ」

相手は顔を扇で隠していたが、特長のある声は覚えている。

管弦の宴で光則を悪《あ》し様《ざま》に語っていた、一条の相公――あの参議に違いなかった。

「あなたは？」

「私などどうでもよかろう」

一応尋ねたものの、名乗るつもりはないようだ。

ここで迂闊に橋爪殿かと問えば、逆上した男に殺されても文句は言えない。

「そなた、大納言殿の何だ？」

突然質問され、楓は返す言葉に詰まった。

「――何、とは？」

心臓が早鐘のように打つ。

耳鳴りが酷くなり、橋爪の声が遠のくようだ。

「先だって、左府殿の管弦の宴に招かれていたであろう。だが、本日は斯様な安物の水干を身につけている」

「………」

「わしにはわかっているぞ。そなたの正体が」

「！」

「そなたは間者だ」

「……えっ？」

想定外の指摘に、思わず間抜けな声が漏れる。

「大納言殿の命令で姿を変え、町を探っていたのであろう。今日も盗品を探して葛葉小路をうろうろしていたとか」

そんな覚えはないのだが、断片的な情報を繋ぎ合わせるに、楓の行動は売りさばかれた盗品を探索しているように見えたらしい。

「私は大納言様の奥方にお世話になっている、遠縁の者です。市場を歩いていたのはただ世の中を学ぼうとしていたためであって、間者などではありません」

我ながら下手くそな言い訳に聞こえるが、少なくとも後半は嘘ではない。

「信じられぬな」

ばっさりとやられ、楓は肩を落とした。

だが、ここで萎《しお》れて弱みを見せては、相手は嵩《かさ》に懸かるだけだ。

「ならば、あなたたちこそどうして私を捕らえるのです？」

「光則殿は、私を疑っておられるのでな。ゆえに、このまま帰すわけにはいかぬのよ」

「光則様が……？」

楓は目を瞠る。

「でなければ、今日の陣　定《じんのさだめ》で、あのような目で私を見るまいよ。あれは何もかも知り尽くした、獲物を射殺す鷹《たか》の如き目であった」

ぶるっと身を震わせると、橋爪は立ち上がる。

そして、戸を開けて出ていこうとする。

「待て！」

慌てて楓は呼び止めたものの、男は振り返らない。

「私をこのままにしておくつもりか⁉」

声を張り上げた途端に、見張りに立っていた俊邦が顔を見せて「うるせえぞ」と凄んだ。

「殺さねえだけましだろうが。静かにしてろ」

ぴしゃりと戸が閉められ、楓は暗闇の中に再び残された。

わざわざこんな真似をするからには、あの男たちは偽の十六夜と関係あるのだ。

ゆえに楓を人質に取り、脅迫状でも送れば、光則の動きも封じられるかもしれない——そう考えたのではないか。

突飛な想像かもしれないが、あながち間違いとも思えなかった。

……馬鹿だ。自分はやはり、大馬鹿者だ。

少しでも光則の役に立ちたいと思ったくせに、結局は足を引っ張っているのだから。


「楓様がいない⁉」

信じ難い報告に、三条を訪れた光則は声を上擦らせた。

「いつの間に外に出られたのか、ずっとお姿がないのです」

縋るようなまなざしで生駒に言われ、光則は眉を顰めた。

十六夜の晩でもないのに楓が家を抜け出して戻らないのは、初めてだという。

「いつからいないのだ?」

「申し訳ありません。いなくなったことにまるで気づかず……」

生駒は悄然《しょうぜん》と項垂れていたが、すぐに表情を引き締めた
「ですが、これまでどんな無茶をなさっても、必ず朝にはお帰りになりました。きっと、何かあったのでございます!」

「そうであろうな」

光則は大きく頷いたが、生駒が落ち着かない様子なのが気になった。

「生駒殿」

「は、はいっ」

生駒の声がはね上がる。

やはり、怪しい。

「いつもどっしりと構えておられるあなたが、今日に限ってはやけにそわそわしている。もしや、楓様と何かあったのではないか?」

「………」

渋っていた様子の生駒は、やがて仕方なさそうに口を開いた。

「――じつは、あの盗人のことで少し言い争ってしまったのでございます」

「ああ、十六夜か」

光則は相槌を打った。

「はい。偽の十六夜とやらが現れたせいで、光則様

に迷惑をかけてしまったと……」

「偽者騒ぎまで、よく知っているな。しかし、その程度で家を出るものか？」

「その、程度……？　ご迷惑でないのですか？」

「それは致し方がない話だ。あの人はまだ、外の世界の作法を知らぬ」

「まあ……お腹立ちなのかとばかり」

女人とは、つくづく面白いことを考える。

「そうだな。腹を立てる段階は、もう通り越してしまった」

確かに腹も立とうが、楓の気持ちもわからぬわけではない。間違った方向への気概の発露だったが、それもまた、彼らしくて可愛く思えるのだ。

「とにかく、楓様を探すほかなかろう。世話をかけたな」

「わたくしは動けませんので、どうかお願いいいたします」

しおらしく頭を下げる生駒は、いつもよりもずっと頼りなく見えた。

これ以上三条に滞在しても何も得るものはないと判断し、光則はひとまず自宅へ戻ることにした。

「！」

廊下を歩いているうちに、唐突に、一つの可能性が閃《ひらめ》く。

楓は、あの管弦の宴に招かれた客に拐《かどわ》かされたのではないか。

あそこで、光則は楓と親しいところを人前で見せてしまった。稚児趣味の人物に目をつけられた可能性もある。

宴に来ていた人物を絞り込むのは可能だが、そのためには父のもとを訪問しなくてはいけない。

腰を上げた光則は、回廊から急ぎ足でやってきた文博にぶつかりそうになり、小さく呻《うめ》いた。

「申し訳ありません、光則様！」

「いや。どうした?」

「このようなものが届きました!」

文博が差し出したのは、布に包まれた何かだった。いったい何だろうと思って広げてみると、中身は一振りの小刀だった。

覚えがある。

これは以前、楓に渡した守り刀だ。

「どうしたのだ、これは!?」

「見知らぬ男がこれを持ってきたのでございます。武士のようだったと下人が申すのですが、急なことだったので引き留める遑《いとま》もなかったとか……」

あまりの迫力に驚いたらしく、文博は申し訳なさそうに言い淀んだ。

添えられた文には、楓の命が惜しければ動くなと書かれている。紙はやはり、粗悪なものだった。

稚児趣味どころではない。誰かに、楓こそが光則の大切な人だと気づかれてしまった。楓の正体を知られれば、互いの身の破滅だ。楓は光則のせいで攫《さら》われ、危険な目に遭っているのだ。

ずしりとした刀は、まるで楓の命のように重い。

この刀を護身用にと持って出かけてくれた楓が、とても愛おしい。

そう、愛おしくて愛おしくてたまらないのだ。

だからこそ、楓には、これから人生の至福を味わってほしい。

何としてでも、救い出さねばならない。

たとえ光則が、地位も名誉もなくしたとしても、あの人を失うことの怖さに比べれば、些事《さじ》でしかなかった。

「光則殿!」

左京の八条坊門小路《はちじょうのぼうもんこうじ》に顔を出すと、実親《さねちか》は驚きと共に義理の兄を迎え入れた。

「どうしたのですが、突然に」

「すまぬな、実親殿」

相談できる相手が実親しかいないのは、我ながら人材不足にもほどがある。だがほかに頼れる友人も思い浮かばず、光則は実親を訪ねていた。

「じつは、どうしてもお救いしたい人がいる。それで、そなたに相談に参った次第だ」

「どういうことです？」

実親は怪訝な顔になったが、光則はかまわずに続けた。

「私の大切な人が、賊に攫《さら》われたのだ。どうやら、今、都を荒らし回っている偽の十六夜の仕業らしい」

「十六夜であれば、そのような卑劣な真似をする男ではないはずでしょう」

「そうだ。だから、偽と申したのだ。昨夜出た盗人は、十六夜の偽者だ」

実親は重々しく頷く。

「なぜおわかりになるのですか？」

「私は十六夜の正体を知っている」

「真《まこと》でありますか!?」

声を上擦らせたのは、慎ましやかに会話に加わっていた狭霧《さぎり》だった。

「ああ。しかし、十六夜の正体が世に知られれば、主上の治世は混乱を来《きた》す。だからこそ、せめて偽の十六夜を捕らえて帝の心を安心させたいのだ」

「だからといって、兄君は本物の十六夜を庇うのですか？　それでは筋が通りません」

「わかっている！」

光則は声を荒らげた。

「だが、理屈ではないのだ。十六夜は私にとって大切な人でもある」

「……要するに、攫われた人物こそが、本物の十六夜なのですね」

察しのよい実親に問われては、隠しおおせそうにない。光則は真面目な顔で「そうだ」と頷いた。

「そしてそのお方の正体を明かせば、世の中は乱れかねない……と」

「ああ」

神妙な顔の光則に、二人の視線が突き刺さる。

「それでも、その方を捕らえるのが、狭霧の知る兄君です。義務を果たさなくてはなりません」

「できない」

光則は即答した。

「なぜですか？」

「あの方が十六夜になったのは、そうしなくてはならなかった……それだけの理由があるのだ。何よりも、あの方は己の過ちを悔いて償おうとしている。世を正すためのやり方は一つではないと理解なさったのだ。ゆえに、あの方をお守りしたいのだ」

「ですが、どのような信条があれど悪は悪です」

狭霧の指弾は、常になく厳しかった。

「そのとおりだ。ゆえに、あの方の罪は私が負う。帝の政に手を貸した私の責任でもあるからだ」

守らねばならぬ規範があるとわかっている。

けれども、楓を追い詰めたのがこの社会というものならば、放ってはおけない。罪を二人で償うこともできるはずだ。

「——安心しました」

狭霧はふっと笑った。

「何がだ？」

「兄君のお心にも、そのように熱い思いが宿っておられたのですね」

「言われてみれば……そうかもしれぬ。今まで、まるで気づかなかった」

「気づかずに燻っていたのでしょう」

狭霧は突然俯き、そしてなぜか目許をそっと押さえる。ささやかな仕種から、自分がこの弟に心配をかけていたのだと光則は察した。

「おそらく、あの方は偽者の十六夜のことを知ったのだろう。尻尾を摑もうとして、逆に囚《とら》われたのではないかと考えている」

「なるほど」

実親は口許に手を当て、何やら考え込んでいるようだ。

「今回の十六夜は、一条の相公や源良史殿など、三軒も盗みに入ったうえに香炉を盗んだそうですね。私には香炉というのが引っかかるのですが」

「ああ、それは私もおかしいと思っていた。十六夜は、普段はもっと軽くて持ち運びしやすいものを選ぶ。香炉では処分にも困るし重かろう」

「そのとおりです」

「そのうえ、一条の相公が盗まれた香炉は、帝に下賜されたものなのだ。帝のお言葉によると、十六夜の仕打ちは主上に対する挑戦らしい」

「それはそれは……主上らしいお言葉ですね」

実親は吹き出したが、すぐに表情を戻した。

「――本当に香炉は盗まれたのでしょうか」

それまで黙っていた狭霧が、不意に声を上げた。

「なに？」

「いえ……あの、良史様は……素行がよろしくないと……」

「女人にうつつを抜かすのも金がかかるからな。財産らしい財産はもうないとも聞いている。だが、同じ夜に香炉を盗まれた宿禰殿は裕福だ。宝も多いはずなのに、なにゆえに香炉を狙ったのだろう」

「宿禰殿が豊かなのは、見せかけだけでしょう。香炉などは売り払ってしまったはずですよ」

言いながら、実親は首を横に振る。

「とてもそうは見えないが、なぜわかるのだ？」

「唐渡《からわた》りの香炉は私が買い取りましたから。お見せいたしましょうか？」

「何だと？」

信じ難い情報に、動揺を覚えた光則は短く聞き返した。それこそ、重要な証言ではないか。

「それなりに趣味人で、口が堅そうな者を選んで財産を売っていたようです」

実親は澄まし顔だった。

「では、価値のある香炉は……」

「さて……あの調子では、あえて手許《てもと》に残してはおられますまい」

借金を重ねるだらしなさは措《お》いても、宿禰の名前を聞くと苛々するのは、管弦の宴のあと、なぜか楓が彼のことを話題にしたからだ。

一条の相公はまだしも、宿禰というのが気になり、気を抜けば楓を問い詰めてしまいそうだった。

これは妬心《としん》なのかもしれない。

そのせいか、陣定の折り、参議の橋爪と権中納言の宿禰をじろじろと見てしまったほどだ。

「しかし、二人とも偽証を行ったとなれば、嘘が明るみになったときに大きな罪に問われる。なのに、いったい何のために？」

「同じ女人と張り合ったこともあるそうですし、あの二人は互いに親しくもないでしょうし……」

「共通点は金に困っていることくらいか」

光則は相槌を打つ。

「確か、お二人とも一条の相公に借金をなさっているはずです。香炉を引き取る際、その話も伺いましたから」

それにしても、なぜ香炉なのか。

それぞれに考えを巡らせているため、自然と一同は無言になる。

「――香炉を十六夜に盗ませたいのかもしれません」

沈黙の末、実親が切り出した。

「どういう意味だ？」

「たとえば、何らかの事故で既に帝の下賜された香炉をなくしたり壊したりしていれば、という話ですよ。主上はあのとおりの気性です。それを知れば、烈火の如くお怒りになるのはわかっている」

「つまり、一条の相公の香炉に何かあったがゆえに、盗まれたことにしたがっている――か。筋は通っているが、それでは計略があまりにも杜撰《ずさん》すぎよう」

「貴族の描く図面など、たいてい穴だらけでしょう」

実親は飄　々《ひょうひょう》と応じる。

「それならば、なぜあの方を攫ったのだ？」

「十六夜とは知らずとも、光則殿の大事な方だとは知っていたのではありませんか？」

「！」

実親の言葉に、光則は弾《はじ》かれたように反応してしまう。

「身内を人質に取れば、別当を牽制《けんせい》できる。これ以上の捜査はするなというつもりでは」

「捜査をやめたところで、あの方を返すつもりか」

「あるいは……」

「あるいは？」

「単なる勢いかもしれません。この程度の計画では、帝は騙《だま》せても、光則殿を欺けますまい。たまたま、光則殿の大切なお方が核心に迫ってしまったのでは？」

「……いずれにしても、あの方が危ない」

光則は腰を浮かせた。

人質を取るのは、犯人にとっても危険な賭けでもある。彼らが楓を持て余し、殺害に至ることも考えられた。

「一緒に参りましょうか？」

「いや、実親殿が来れば大ごとになる。検非違使を動かしてもまずい」

表情を引き締めた光則は、決然と立ち上がった。

「私一人で、あの方を助ける」

「兄君、お気をつけて」

心配顔で狭霧が告げたので、光則は微笑を浮かべて頷いた。

……死ぬのだろうか。

このまま、たった一人で。

自分が閉じ込められた場所がどのようなところなのか、楓はあまり明確に把握していない。

ただ、やけに淋しい地域である点。そして、あの武士のような無法者が出入りしても誰にも怪しまれていない点から、都の外れだと見当はつけていた。

経過したのは一日か、二日か。

食事は糒《ほしい》と水を与えられていた。

ここで死ねば、もう二度と光則に会えないだろう。

そう考えると、悲しくてたまらない。

常にそばにいてくれた生駒や、血の繋がった帝や実親よりも、他人のはずの光則と再び相見《あいまみ》えられぬのが何よりも苦しかった。

勿論、解放される可能性はあるが、正直にいえば期待できない。

そもそも、たとえ検非違使の捜査に圧力を加えられても、楓が無事に戻ってくれれば、光則は証言をもとに捜査を再開して一味を捕まえるだろう。その危険を考えれば、楓を人知れず殺したほうがいい。

そのことに、彼らが気づかねばいいのだが。

——どうして。

なにゆえに、こんなときに思い出してしまうのだろう。

少し意地悪な口ぶりも、逞しい腕も。それでいて、楓を見つめて優しく笑うところも。

なぜこんなに鮮明に記憶が甦るのか。

じわりと涙が滲みかけて、首をぶんぶんと振って乾かそうとする。

泣いたって何にもならない。ここから逃げ出す手立てを考えなくては。

でも、既に何度も試したのだ。

声が嗄《か》れるほど怒鳴ったけれど、誰も来てはくれなかった。縄が千切れないかと地面に擦《こす》りつけたりしたが、切れる兆しはまったくなかった。

「……光則……」

耐えかねてその名を呼んだとき、かたりと何やら音がした。

楓は思わず躰を起こす。

少しずつ戸が開き、陽の光が入り込む。

「楓様、いますか？」

潜められた小さな声に覚えがあった。間違えるわけなど、なかった。

「光則！」

短く声を上げると、「遅くなってすみません」と早口で光則が言う。

人目を忍んでいるらしく、彼は動きやすい狩衣を身につけていた。その凛々しさに、暗がりの中でも目を奪われてしまいそうだ。

「なぜここが？」

「相公のお持ちの土地ですから」

「すまぬ、私はそなたの間者と疑われて捕まったのだ」

「では、正体を知られたわけではないのですね」

ほっとしたように声を緩め、光則は手にした刀で、ふつりと縄を切ってくれる。

漸く手足が自由になり、楓は息をついた。

「動けますか」

「たぶん」

手足はぼんやりと痺れていたが、ここでのろのろしているわけにはいかない。

「背負いましょうか？」

「だ、誰が！」

思わず声を上擦らせたせいで、光則が「しっ」と黙するよう迫る。楓は急いで自分の袖口で口を押さえ、光則の後ろでそろそろと立ち上がった。

やはり足が痺れてふらついたが、弱音は吐けない。

光則が外に出るように合図をしたので、楓は足音を忍ばせて歩きだした。けれども、まだ足がじんじんとして上手く動けない。

「ッ」

外は夜だった。暗がりでずるりと足を滑らせたせいで、その場に積んであった薪《たきぎ》に激突してしまう。

咄嗟に光則が手を差し伸べ、楓の細い肢体を受け止めた。

「あっ」

光則の広い胸に抱き込まれて、楓は頰を染める。

あたたかい。

やっと、この胸に戻ってきたのだ。

だが、そんな喜びに耽っている場合ではなかった。

楓がぶつかった薪が、思いの外大きな音を立てて崩れたのだ。


折悪《おりあ》しく、隣の建物から男が顔を覗かせた。

「何やつだ!?」

あっという間に人が集まり、中にはあの俊邦の姿もあった。

光則は立たせた楓を背に庇い、背筋をすらりと伸ばす。

「私は検非違使別当の藤原光則《ふじわらのみつのり》だ。家人を帰してもらいにきた」

「……ほう」

俊邦は自分の顎を撫でながら、松明を手にした手下たちを掻き分けて光則の前に踏み出した。

「生憎だったな。秘密を知られたやつは、生かしておけん」

「そなた」

光則が眉を顰め、声を張り上げる。

「驚いたな、俊邦か!!」

「！」

俊邦は動揺からか大きく身動《みじろ》ぎをし、まじまじと光則を凝視した。

「源《みなもと》家の庶子であったな。素行不良で職を追われたくせに、まだこんなことをしているのか」

「なんだ、俺を覚えてたのか」

「部下の顔くらい頭に入っていなくてどうする」

光則が平然と受け流す。

「どっちにしても、あんたを生かしちゃおけねえ。死んでもらう」

「まあ、待て。これから私は一条の相公とは取り引きをする。そなたも悪いようにはせぬ」

いきり立つ俊邦をあしらおうと光則は言葉を重ねたが、彼はまるで聞いていなかった。

「うるせえ！　俺はこの餓鬼が嫌いなんだよ！」

完全に居直った男の顔は、怒りに燃えて真っ赤になっている。怖くなった楓が思わずぎゅっとしがみつくと、光則が応えるように頭を撫でる。

「このお方には指一本触れさせせぬ」

そう言い放った光則が、すらりと太刀を抜く。

光則がどれほどの腕の持ち主かわからない。頼もしく思いつつも、相手はさも凶暴そうな武士だ。

「面白い。お貴族様が、俺とやり合うつもりか？」

「そうだ」

楓から手を放すと背中に庇い、光則は男と対峙する。

光則は弓の名手とは聞くが、刀は使えるのだろうか。背中に隠れて、光則がよく見えない。

「じゃあ、行くぜ？」

悠長に話しかけておきながら、男の動きは素早かった。いきなり太刀を抜いて斬りかかってきたので、光則はそれを受け止める。

「ッ！」

本来ならば、武士の得物は弓矢が上策だ。だが、この至近距離では弓矢は使えず、太刀での応酬なのだろう。

はらはらと見張っている楓は、不意に背後からぐっと引き寄せられた。

「あっ」

いつ忍び寄ってきたのか、大柄な男に抱き込まれ、喉元に小刀を突きつけられる。

「おい！　こいつがどうなってもいいのかよ」

「楓！」

初めて呼び捨てにされ、楓はどきりとした。

しかも、光則はいっさい躊躇わなかった。

斬り合いを無視し、光則は楓を助けるために身を翻したのだ。

「馬鹿にしやがって」

俊邦が駆け寄り、勢いのままに背中から光則を斬りつけた。

「!!」

なんと卑劣《ひれつ》な……！


「光則ッ」

びしゃっと飛び散って顔にかかったものが何か、考えるまでもない。

血だ。

光則の、血。

熱い。

「光則！　みつの…」

叫び声を上げる楓を慰めるように、「平気だ」と光則が囁く。

「そこまでだ！」

声を差し挟んだのは、誰であろうか。

騎馬でやって来た者の顔は、逆光で見えなかった。

「おまえは、次官《すけ》の……」

「よく覚えていましたね。大江政行《おおえのまさゆき》です。検非違使別当に刃を振るった罪、重いですぞ！」

丁寧な物言いの男はそう宣告し、真っ向から武士を睨《ね》めつけた。

完全に包囲されたらしく、行き場を失った俊邦の仲間たちが右往左往している。

「大納言殿！」

馬から下りた検非違使たちが、心配顔で駆け寄ってくる。

「誰か、薬師《くすし》を呼んで参れ」

楓は急いで光則の腕を引いて怪我した部位に布を巻きつけようとしたが、不器用なせいか、上手くいかない。

「あなたは……大丈夫、でしたか」

「この痴れ者《しれもの》が！　私に気を取られたから、こんなことに……」

「あなたを守るのは……私の役目、ですから」

気づけば光則の声が、弱い。

「光則!?」

「平気です」

応じる声が細くなり、光則が突然、楓に寄りかかってきた。

「光則！　嫌じゃ……やじゃ、死ぬな……！」

悲鳴を上げる楓の声すら、もう聞こえないのだろうか。光則は目を閉じたまま、ぴくりとも動かない。

嫌だ。光則が死ぬのは、嫌だ。この男が死ぬのだけは許せない……！

九、忍《しのぶ》

むすぶ手のしづくににごる山の井の
あかでも人に別れぬるかな
紀貫之《きのつらゆき》

「兄君」

そろそろと几帳を掻き分けて入ってきたのは、烏《え》帽子《ぼし》を被った狩衣《かりぎぬ》姿の狭霧《さぎり》だった。

「……狭霧！」

単衣《ひとえ》を身につけて横になっていた光則《みつのり》は上体を起こそうとしたものの、あちこちがぎしぎしと痛んで上手くいかない。

「まだ寝ていてください、兄君」

「すまぬな」

傷はさほど深くないだろうと思っていたが、なかなか塞がらなかった。おかげで仕事をすっかり休んでしまっている。

偽の十六夜《いざよい》事件を解決できたのは、当然ながらその後の橋爪《はしづめ》たちとの密約があってこそだ。

実親《さねちか》の睨んだとおり、発端は橋爪が今上より賜った香炉を壊してしまったことだった。

それをごまかし、なおかつ憎たらしい光則の鼻を明かすべく、偽者の十六夜を犯人に仕立て上げようと試みたのだ。しかし、ただ橋爪の香炉が盗まれただけでは、細かく調べられて偽者の仕業だと気づかれかねない。そこで、自分から金を借りて頭が上がらぬ良史《よしふみ》と小槻《おつき》に、狂言での被害を訴えさせたのだ。一度に事件が三つも起きれば、検非違使庁《けびいしちょう》も一件一件に手をかけられなくなるし、信憑性《しんぴょうせい》も高まるだろうと考えたようだ。

楓《かえで》を誘拐したのは成り行きだったが、光則たちの動きを探る心算だったらしい。

けれども、一味の俊邦《としくに》が逆上して光則を斬ったせいで観念したらしく、橋爪はあっさりと犯行を白状した。

どんな結末にするか悩んだ末に、光則はつい先だって、難破船の荷物が難波津《なにわづ》に打ち上げられた一件を利用した。そこに十六夜による盗品の数々が含まれており、壊れた香炉も発見され、生存者もいないと報告したのだ。つまり、十六夜は逃亡中に死亡した——と。

楓が盗んだ品を換金していなかったので、それらを混ぜて信憑性を高められた。

結果的に宝は盗難に遭った受領《ずりょう》に返され、表向きは十六夜による被害は帳消しになった。

尤も、光則の怪我は隠せないので、捜査中にならず者に襲われたことにした。

怪我を押して報告書を書き、今上に届けさせたところ、彼はいたく感動して光則にしっかり養生するようにと薬師《くすし》を送ってくれたほどだ。

また、これからは税を軽減することと、受領の振る舞いにも目を配り、民を守ることを帝は約束してくれた。義賊を失って民は落胆したものの、十六夜のしたことは、結果的には無駄ではなかったのだ。

「それにしても、切り傷はなかなか治らないのですね」

「うむ、難儀している」

光則は苦笑する。

「兄君は、捕らえられていた下人を助けるために怪我をなさったのでしょう。そのお方こそが、大切なお人なのですか？」

「そうだ」

光則の容態を問う文《ふみ》や、よく効くと評判の薬草が届けられたものの、楓本人は姿を現さなかった。

それも当然だろう。

おそらく、これ以上外に出るのが怖くなってしまったに違いない。

その責任は光則にもあるからこそ、胸が痛むのだ。

あかでも人に別れぬるかな――飽きるほど話をしたかったけれど、別れてしまった。貫之の歌を思い出すと、心が逸る。一刻も早く、できるだけ多くのことを話したい。

そうでなければ、わかり合えないことがまだ多い。

「頼みがあるのだ、狭霧」

「かしこまって、何でございましょうか」

狭霧は口許を綻ばせ、機嫌はいいようだ。

「楓様のところを訪ねてはくれないか」

「楓様とはその方ですか？」

さすがにそこまでの事情は知らぬがゆえに、狭霧は問い返した。

「ああ、三条《さんじょう》の屋敷にいる」

「そちらは、確か楓《かえで》の宮《みや》様が……」

そこで狭霧は言葉を切った。

狭霧は薄々感づいているのではないかとも予想していたが、違ったようだ。

「まさか、大事なお人とは楓の宮様なのですか!?」

「……そうだ」

彼は驚いたように、大きな目を見開いている。

「そのうえ、あの方もまた、男なのに姫として育てられていたのだ」

「――信じられません！　それこそ、奇縁というものでしょうか」

昂奮しているのか、狭霧の頬に赤味が差す。

よもや自分と同じ境遇の人間が、この時代に二人もいるとは思ってもみなかったのだろう。

「いいや、私の罪業が引き寄せた因果だ。今頃、きっとあの人を苦しめているだろう……」

様々な因果が折り重なり、まるですべてのできごとが糸のように人の世という布帛《ふはく》を紡ぐ。

その中でも、狭霧に対する光則の罪が、楓の存在と自分を引き合わせたような気がしてならないのだ。

「そうでしょうか」

「え？」

狭霧が意味ありげな反応を示したので、光則は思わず問い返した。

「どういう意味だ」

「言葉どおりのつもりです」

しかし、今の光則には狭霧の言葉は解せなかった。

「すべては、楓の宮様にお目にかからなくてはわかりません。とりあえず、様子を見にいきましょう。私如きであっても話し相手がいれば、気持ちも晴れることもあるかもしれませんから」

「頼んだぞ」

「お任せください」


こんな風に狭霧に何かを頼むのは、おそらく初めてだ。それを意識したのか、彼がどことなく誇らしげな顔つきになった。


「寒い、な」

楓は廂《ひさし》に腰を下ろし、ため息をつく。今日でいくつめのため息だろうか。こんなに深い息を零していたら、躰が少し軽くなるかもしれない。

たよりにもあらぬ思ひのあやしきは
心を人につくるなりけり
在原元方《ありわらのもとかた》

「楓様。文が届いております」

生駒《いこま》がやってきて、それを楓に差し出す。

「誰から!?」

「宿禰《すくね》殿でございますよ」

生駒も取り次ぐのには飽きたようで、声は呆れ果ている。

「……そっちか」

宿禰はしつこく文を寄越し続けており、それがひどく憂鬱だった。

こちらが人妻だというのはおかまいなしで、とりあえず失礼にならぬ程度に当たり障りのない文を返しているが、諦めてくれる様子は皆無だった。

おまけに詠み込んだ歌の中でさりげなく光則をくさすものだから、ますます嫌いになってしまう。

偽の十六夜事件に荷担した宿禰を見逃してやったのは光則なのに、図々しいのにもほどがある。

垣間《かいまみ》見られる隙《すき》を作った自分も悪いのだが、どんな文を書けば思い切ってくれるだろうか。

ない知恵を振り絞ってつらつら考え込んでいると、再び生駒が現れた。

「楓様」

「また文？」

「いいえ、今度はお客様です」

もしや光則だろうか。

喜びに腰を浮かせたが、「狭霧様です」と生駒はどことなく困惑を含んだ面持ちで告げた。

「狭霧様？」

名前に心当たりはないが、いったい誰だろう。

「ほら、あのお方ですよ。光則様の妹で、実親様が娶られた方と同じ名の……」

「ああ」

そういえば、実親と光則は義理の兄弟にあたる。

狭霧という末の妹は実親と夫婦だったが、一年も経たずに流行病《はやりやまい》で亡くなったと聞く。

実親はそのあと、藤原《ふじわら》家の遠縁を引き取り、同じく狭霧と名づけて可愛がっているそうだ。楓とは縁もゆかりもない人物だが、何事だろうか。

「とても美しい若君ですわ」

しかし、理由も聞かずに追い返してもいけないと楓は髢《かもじ》をつけ、小袿《こうちき》を羽織って応対した。

相手は男なのだから、几帳越しで十分だ。

「はじめまして、楓様」

まじまじと見つめると、青年は目映いほどの匂やかな貴公子ぶりだ。

「はじめまして」

会話は最低限で済ませようと思っていたものの、狭霧が「申し訳ないのですが、人払いを」と言い放つ。

表向きは妙齢の男女を二人きりにさせてはと生駒があからさまに渋い顔を作ったものの、実親が引き取ったならば、非常識な振る舞いはしないだろう。楓は「よい」と同意した。

相手は楓が殆ど口を利かぬのも気にせず、生駒が立ち去った気配を確かめてから口を開いた。

「楓様」

狭霧が自分を先ほどから楓様と呼んでいることに気づき、楓は凝然とした。

「兄君がいろいろとご心配をおかけし、申し訳ありません」

「あの……兄君とは、実親様ですか？」

不安と緊張に、楓の声が不自然に揺らぐ。

「いいえ、大納言の藤原光則です」

「……なに？」

要するに、狭霧は左大臣の隠し子か何かなのだろうか。

「話せば長くなりますが、私もあなた様と同じ境遇だったのです」

じわりと手に汗が滲む。

心臓がぎゅっと締めつけられるように痛くなり、耳鳴りが酷くなってきた。

「どういう、ことです？」

問う言葉が、驚愕《きょうがく》のあまり掠れた。

「つまり、私もまた……左大臣家に生まれ、男でありながら女として育てられました」

衝撃の大きさに楓は腰を浮かせかけたものの、相手に詰め寄るようなはしたない姿は見せられず、辛うじて踏み留まった。

「驚かれたでしょう」

みっともない真似をしてはいけないとわかっていたものの、冷静ではいられない。

光則が不用意に楓の性別を明かすとは考えられない。

ならば、狭霧の話は事実だというのか。

それでも往生際が悪く、楓は「真《まこと》なのですか？」と念を押した。

「ええ。そのことをお話しします」

斯くして狭霧は彼の数奇な半生を語った。

それは楓自身のものとは似ているようで、違うところも多い。いずれにしても、狭霧は今は男として暮らしているのだ。


「すべてを光則様はご存じだったと？」

「はい」

楓は言葉を失った。

「ですから、私が楓様のお手伝いをできるのではないかと遣わしたのです。男に戻る方法を知りたいのであれば、一緒に考えます」

「そ…それは有り難いですが……」

さすがにすぐには心を許しかねて、楓は言い淀む。

「兄は厳しいようですが、優しい人です。私のことも、ずっと気にかけてくれていました。きっと楓様のことも、心の底から案じておられるでしょう」

「……そういうことか……」

すべてが、腑に落ちた。

これまでの光則の言動の理由。

光則が自分の性別をあんなにもあっさりと受け容れた理由は不明だったが、漸く判明した。

要するに、それらはすべて、狭霧への罪の意識から生じていたに違いない。

光則の心に、楓への思いなど最初からなかった。あたりまえだ。

楓は十六夜として都を騒がし、光則にとっては憎むべき敵だった。

おまけに跳ねっ返りで人の言うことをまるで聞かず、足手まといでしかない。躰を重ねて愉《たの》しめる姫君ですらない楓への情など、最初からあろうはずもないのだ。

「楓様？」

「あ、ああ、すまぬ」

ぼんやりしかけた楓に狭霧が案じるように声をかけてきたので、心ここにあらずという状態のまま首を振る。

「わざわざ来てくれてすまぬ。少し、疲れたようだ」

おかげで言葉遣いもいつものようになってしまう。

「すみません、私が配慮もなく自分の話を滔々《とうとう》としてしまって……」

「そなたのせいではない。今日はありがとう」

礼を告げると、狭霧は居心地が悪いのかそそくさと立ち去る。それを見送り、楓は息をついて脇息《きょうそく》に凭れかかった。

何だろう。

この、胸の中がかすかすとした感じは。

どうしてこんなにも胸がざわめき、目のあたりが痛いのだろう。まるで涙が零れる寸前のようではないか。

それでも楓は気力を振り絞り、文箱《ふばこ》にしまわれていた紙を選んだ。

唇を噛んで筆を取り、それにたっぷりと墨を含ませた。

「光則様、三条の屋敷から文が届いておいでです」

「ん」

斯様に朝早くから文とは、随分珍しい。

昨日は、狭霧が楓に会いにいくと言っていた。

昨日の今日ですぐに文を寄越すとは、楓なりに何か思うところがあったのだろうか。

文博《ふみひろ》から受け取った文を、もどかしい思いに駆られながらも丁重に広げる。

一読した光則は、激しい衝撃に言葉を失った。

「！」

何だと……。

信じ難いことが書かれており、光則は自分の指が血の気をなくすほどに強くそれを握り締めた。

「出かけるぞ」

「ええっ!?　いずこへ？」

文博が声を上げる。

「三条だ」

「しかし参内もまだだというのに……」


「──そうだな。先に参内しよう」

さすがに己の地位を考えれば、妻に会うよりも参内するほうが先だ。

宮中では気もそぞろだったが、久しぶりに光則がやってきたと聞き、ほかの貴族が集まってきた。十六夜の一件も失敗は犯したものの、事件が終焉《しゅうえん》を迎えたと帝からもお褒めの言葉を賜った。

最後に検非違使庁に顔を出し、政行《まさゆき》から報告を聞いた。

十六夜が現れなくなった都は平和を取り戻し、事件らしい事件も特に起きていないらしい。

午後になり、漸く細々とした用件から解放され、光則は三条へ牛車《ぎっしゃ》を向けさせた。

「さあさ、そちらの衣は長櫃《ながびつ》に入れておくれ」

久々に訪れた屋敷は今日はにぎやかで、何やら片づけでもしているらしい。

「どうしたのだ？」

あまりにも意外な光景に、光則は目を瞠った。

「これは光則様！」

調度品を運んでいた家人が、慌てて平伏する。

「そう緊張せずともよい。何の騒ぎだ？」

「へ？　お聞きになっていないので？」

「――心当たりはあるが……」

あの手紙の内容が、本気だったとは。

急ぎ足で寝殿に向かうと、やはりここも片づけに大わらわだった。

「これは光則様！」

いち早く光則に気づいた生駒が居住まいを正し、急いで円座《わろうだ》を探すので、それを制した。

「楓様はどうした？」

「――ここに」

すぐさま、小袿を着て女の格好をした楓が現れた。

すっかり痩せてしまっているらしく、顔色もよいとはいえなかった。

「お元気でしたか？」

「そなたに会うまでは、それなりに気分もましだった」

いきなり毒づかれて光則は驚いたものの、そういう気分なのだろうとひとまず流す。年少の者の嫌みをいちいち取り合っていては、進む話も進まなくなる。

「この騒ぎはどういう有様なのです？」

「今朝方の文に書いたが、そなた、文字を読めぬのか」

読めるからこそ、無理を押してここにきたのだ。

「離縁してほしいというのは、真でございますか」

「そうだ」

「なぜ！」

「私はもうあのような目に遭うのは嫌だ。盗人の真似事も危険だと思い知ったからな」

一息に告げる楓は、光則と目を合わせようともしなかった。

「私の目を見て言ってください」

「………………」

きつく唇を引き結び、楓は淋しげなまなざしで光則を見つめる。

そんな顔を見せられれば、身勝手だと怒る気もなくなる。

離縁こそが彼の望みであれば仕方がないが、ここでは悪足掻《わるあが》きも許されよう。

どこかで楓の心変わりが起きるよう、祈るほかない。

「あまり早く離縁すれば、私が帝に咎めを受けましょう。せめて今暫く、お時間を頂戴できれば」

「左様なことが問題なのか？」

「……ええ」

この関係に未練はあるが、それを口にする資格はない。

何よりもこれまでの仕打ちを考えれば、彼が許してくれるわけがなかった。

「それに、ここを出れば、あなたは女人としてしか生きられませんよ」

「脅す気か？」

「受け取り方次第です」

ただ、知りたいだけだ。

楓が何を思っているのか。どれが楓の本心なのか。女の格好であのあばらやに閉じ込められる、そんな退屈な人生を、本当に楓が望んでいるのか？

「ならば、別居だけは認めよ」

「それもなりません」

「なぜだ」

楓が声を荒らげる。

「あなたがこちらを出れば、余人の興味を引いていらぬ噂を招きかねない。それよりは、ここに住んでいただいたほうがいい」

「だが、そなたの顔を見るのは……」

なおも楓が食い下がったので、光則はひとまず諦めるほかないと観念した。

これでは、話し合いにもならぬからだ。

「かしこまりました。あなたが呼ばぬ限りは、絶対にここには参りません」

真剣な面持ちで光則は告げる。

「……なに？」

「ですから、当分はこの屋敷に留まってください。そうでなくとも、あなたのあの家は古くて危険です。せめて、それなりに修繕してからでなくては」

暫く黙りこくっていた楓だったが、ややあって渋渋頷いた。

「そうだな。そなたにも体面というものがあるか」

「汲《く》んでいただけて幸いです。ですが、これからもその格好でいるのですか？」

「体面が大切なのだろう？」

皮肉が返ってきたが、それは心を抉るには至らなかった。

颯爽とした貴公子の格好がよく似合っていたのに、惜しいものだ。光則はそう思ったものの、差し出がましいように思えたので口にしなかった。

十、楓紅葉《かえでもみじ》

よひよひに枕さだめん方もなし
いかにねしよかゆめに見えけん
よみ人しらず

十六夜《いざよい》事件が解決し、光則《みつのり》は無事に検非違使別当《けびいしべっとう》の役割を終えた。

牛車《ぎっしゃ》に乗るために歩いていると、三人の貴公子が何やら親しげに語らっているのが目についた。

「これは光則殿」

最初に気づいた実親《さねちか》が目礼し、共にいた将久《ゆきひさ》ともう一人も倣う。

「実親殿、将久殿、久しぶりだな。そしてこちらは、確か……」

「小野朝家《おののともいえ》と申します」

地味な面差しの青年が恥ずかしげに名乗りを上げたので、すぐに合点がいった。

「すまぬ、そうであったな。その節は大変世話になった」

「いえ、私は何も」

朝家が背中を押してくれたから、光則は狭霧《さぎり》を死んだことにするなどという奇策を実行したのだ。

「ご謙遜召されるな。となると、今日は東西の知恵者の揃い踏みか」

東の朝家、西の将久――博識にかけてはこの二人に並ぶ者がないと噂される双璧だ。そして朝家は狭霧の友人でもあり、光則が腹を決める原因になった人物だ。

「十六夜が死んでしまったのは残念でしたが、無事にお役目が終わったとのこと。おめでとうございます」

実親が丁寧に頭を下げる。

「それにしては浮かない顔つきのようだが、どうかなさったのか」

将久に問われ、光則は首を横に振った。

「何でもない」

「よろしかったら、久々に我が家にいらっしゃいませんか。これから皆で一献と話していたのです」

「実親、光則様は明日は儀式であろう。早うお帰りになりたいのでは」

朝家は言うが、一人になりたくなかった。

家にいても、虚しいだけだ。

思い立って三条《さんじょう》の屋敷に向かうことはあるが、楓《かえで》に離縁を匂わされた記憶があるゆえに、どうも踏み込めない。

これ以上嫌われたくはないのだ。

今の己は、まるで子供だ。

初めて恋を知った少年のときのように、楓の存在を前に動きかねている。

「……いや、いい。折角珍しい方々が一緒なのだ。是非、同行させてもらおう」

「ええ」

実親が嬉しげに微笑むのを見て、光則は空元気で笑顔を作ってみせた。


本当に、まるで来なくなるなんて。

夕暮れ、ぼんやりと御簾《みす》越しに庭を眺めていた楓は、懶《ものう》げに目を伏せた。

淋しい。

呼ばねば訪れぬと断じたとおりに、光則は十日近く姿を見せていない。楓の強情さに怒っているのか、本当に、楓などもうどうでもよくなったのか。

否、それくらいは大した差違ではない。

光則の訪問がないのも、文《ふみ》を寄越さないのも、どちらも単なる事実だ。

そして、それでもかまわないと決断したのは自分自身なのだ。

十六夜の件を上手く処理してくれたのだから、この結婚生活の終焉が導かれたとしても文句はない。

義務や同情でそばにいられるのは、御免だ。

無論、この結婚は互いにやむを得ない状況から始まり、双方は本意ではなかった。

しかも、同じ男同士だ。

だが、男女の別など、女装している身では大した意味はなく、いつしか楓はこの婚姻に意味を見出していたのだ。

光則が見せてくれる新しい世界。

光則の行為そのものに、何か理由があってほしいと、いつしかそう思うようになっていたのかもしれない。

彼の気持ちがないのが、つらいと。

「……愚かな」

本当に、自分は愚かだ。

光則のような世慣れた男が、自分との結婚生活に真剣になるとすれば、そこには理由があるはずなのだ。

それに気づきもせず、舞い上がっていた自分がみっともない。

狩衣《かりぎぬ》を身につける気にもならず、楓は以前のように袿《うちき》を纏い、女性の服装をしていた。

慣れていたはずの袿なのに、しかしそれはなぜだか自分の躰には合わず、着心地が悪く思えた。

この衣服は、こんなにも自分には重かっただろうか。

本来の性で軽やかに生きることを知ってしまったがゆえに、女として生きる違和感が今更のように心を締めつけるのかもしれない。

それでもこんな風に女の格好をしてしまうのは、自分は未だに光則の妻だと世間に主張したいからなのか。

見せる相手など、誰もいないのに。

これは未練なのか？

――と。

どこからともなく、かたりと音がして、楓ははっと顔を上げる。

「誰？」

光則なのか？

いや、聞かずともわかる。

三条の屋敷に姿を見せるのは、光則をおいてほかにはいまい。

楓は自分の顔を隠すのも忘れ、つい腰を浮かせて御簾に近寄った。

「私です」

「！」

違う。

光則の声ではない。慌てて楓は御簾の奥に引っ込んだが、男は乱暴にずかずかと階《きざはし》を上ってくる。

「どなたですか」

恐怖に後退《あとずさ》る楓の気持ちになど、相手はおかまいなしだった。

「冷たいことをおっしゃる。何度も文を差し上げたではありませんか」

「………」

というと、まさか相手は宿禰《すくね》なのか!?

驚愕する楓の狼狽もよそに、男はずるずると躙《にじ》り寄ってきた。

「今こそ思いを遂げたいのです」

「帰ってください」

男であることを隠そうとすれば、声を張り上げられない。それを相手は奥ゆかしいと受け取ったのか、

「お可愛らしい姫だ」などと言い出す。

「どうか、おやめください！」

着物が重い。

髢《かもじ》が邪魔だが、うっかり取れてしまわないように、気を遣わなくてはいけない。

「逃がしませんぞ」

腕を摑まれて振り払おうとしたものの、几帳に当たってそれがばたんと楓に向かって倒れてきた。幕が躰に触れ、上手く動けない。

逃げられない……。

恐怖に全身からどっと汗が噴き出す。

どうしよう。

光則だけならまだしも、この男にまで秘密を知られたら、何もかもおしまいだ。

「誰か！　生駒《いこま》！」

返答はない。

こういうときに女房が出ていくのははしたないし、主に恥を搔かせるということなのだろう。自分で切り抜けろという意味かもしれないが、経験の浅い楓には無理だ。

「私には夫が……」

「今日は大納言殿は、宮中の行事に出ておられる。こちらには顔を見せますまい」

なんと、左様なことまで把握しての所行だったのか。

あまりの用意周到ぶりに、自分の無防備さを恥じたが、ここで諦めるわけにはいかない。

「嫌！」

「うっ」

手近にあったあの鞠を摑んで男にぶつけると、彼が怯《ひる》んだように一歩後退る。

その隙に楓は守り刀を手に取り、すらりと鞘を抜いた。

「近寄るな！」

「そ、そのような物騒なものはおしまいください」

男は声を震わせる。

「私は本気だ」

だが、この男を刺せば刺したで詮議を受け、そのときに楓の性別は知れてしまうかもしれない。

いったいどうすればいい……？

「私に触れていいのは、光則だけだ」

そこへ何やら大きな音が聞こえてきて、楓は躰を強張らせる。

「姫！」

突然、あたりがさっと明るくなった。

御簾《みす》が上げられ、十六夜の月が差し込んできたのだ。

今度こそ間違いようがない。

光則の声だ。

「光則！」

飛び込んできた光則の顔は、真っ赤に染まっている。

「どういうことだ。無粋だぞ！」

「無粋も何もあるか。その方は私の妻だ！」

光則の一喝に、ぐうの音も出ない様子で相手は黙り込んだ。

よくよく見れば、光則は束帯《そくたい》の正装だった。

なんと男らしくも凛々しい殿御ぶりかと、楓はつい頬を染めてしまう。

「命が惜しくば、帰れ！」

「く……」

来てくれた。嬉しい。

もう会えないと思っていたのに。

やっとわかった。

会いたくて、会いたくて、たまらなかった。光則をずっと待っていたのだ。

這這《ほうほう》の体《てい》で帰っていく男をそれ以上は追わずに、光則はその場に膝を突き、しっかりと楓を抱き締める。

　月明かりを背に受け、光則の姿はまさに輝いていた。

「大丈夫ですか？」

「光則」

　もうだめだ。こんな風に力強く抱き竦められたら、心が溶けてしまう。

　もっと固く強張り、常に鎧を着込まなくてはならぬはずの心が。

「遅い」

　跪《ひざまず》いたままの楓が震え声で叱咤すると、光則が小さく笑った。

「すまぬ」

　笑いながら、光則が優しく背中をさすってくれる。

「しかも、呼ばずに勝手に来た」

「いいえ、呼んだはずですよ」

　自信ありげに言い切られて、楓は無言で彼の二の腕に爪を立てる。

「言葉などにせずとも、あなたは私を呼んでいたのではありませんか？」

　見抜かれていたのか。

　恥ずかしさから耳まで熱くなり、それでいて、楓は黙り込んだまま光則の胸に頬を擦り寄せた。

「いや、呼ばれずとも来ました。私でないものがあなたに触れることなど、決して許せぬのです」

　強い決断に満ちた口調に、楓の胸が熱くなる。

「……私もだ」

　圧し殺した声で訴え、楓は漸く素直な言葉を吐き出した。

「私も、おまえ以外には触れられたくない。——おかしいと思うか？」

　勇気を振り絞って尋ねた楓に、光則がふっと唇を綻ばせた。

「私も同じ思いです。あなたにずっと焦がれていたのですから」

ずるい男だ。

そんな言葉で許されるわけがない。

もっと言の葉を尽くし、華美な文句で心を蕩《と》かしてくれなくては。

そう毒づこうとしたのに、我慢できず、楓はいつしか光則の首に腕を回していた。

あたたかい。

それだけで安心してしまう。

胸に満ちる、この感情。

それは、たぶん――愛おしさだ……。

「なぜ、あの男に襲われているとわかった？」

光則の広い胸に顔を埋めたまま、楓は聞く。

「……毎日、このあたりをうろうろしていたので」

「なに？」

「いつ呼ばれても、すぐに駆けつけられるように」

光則らしからぬ所行に、呆れてしまう。

「……愚かな」

「ですが、色恋は人を愚かにするものですよ」

「ならば、私も……愚かなのか」

ずっと、ずっと、待ち侘《わ》びていた。

もう一度光則に触れたかった。触れられたくて、たまらなかった。

ただひたすらに焦がれて、独り寝がたまらなく苦しかった……。

「お互い様でしょう」

「そうか……」

呟くと、微かな笑みが零れる。

自分より遥《はる》かに大人の男である光則でさえも、そんな恋に惑うのだ。

「楓」

楓の顎に右手を添え、顔を近づけてきた光則のために目を閉じ、その胸に手を当てて初めてのくちづけを甘んじて受けた。

甘い。

その唇は、与えられたどんな果実よりも甘美だった。

今宵は雲一つなく、おまけに十六夜の月があたりを照らし出している。

「……ん、ん……」

光則に唇を重ねられ、何度も何度も吸われる。

これでは、息ができない。

「ふ……」

息をしたくて口を薄く開くと、光則の舌がぬるりと入り込んできた。

「！」

驚く間もなく舌をきゅうっと絡められて吸われるうちに、だんだん頭がぼうっとしてくる。

「は…ァ…」

たらりと零れた唾液が顎を伝い、喉のあたりを濡らす。それでも、その感触が不快だとは思えず、楓は彼の胸元に手をかけてぞくぞくと身を震わせるほかなかった。

「脱がせてもよいですか？」

「うん……」

男女の性交であれば必ずしも衣服を全部脱ぐ必要はないのだが、今はただ、彼にはすべてを晒したい。

そして、光則がすべてを曝《さら》けだすのを見たかった。

髪も、衣も、すべて剝がれてしまう。何もかも明らかにされてしまう。それでも、怖くはない。

「美しい……」

今更のように、光則がため息交じりに囁いた。

光則もまた自分の冠すら外し、すべてを楓に見せている。

触ってみたい。

楓がつい彼の膚に触れてみると、光則が「悪戯ですか？」と破顔した。

「でも、まずはあなたを可愛がらせてください」

「私を？」

「そうです」

楓のほっそりとした貧相な肉体を褥《しとね》に横たえ、彼はどこか愛おしげに指先でなぞる。

「！」

ただ触れられているだけだ。それなのに、ふわふわとしたものが躰の奥から湧き起こり、火照らせていく。

「もう、見ずとも……」

「見たいのだ。これがあなたなのだから」

光則は熱っぽく告げる。

いつも冷静な彼の中にある熱い感情に触れた気がして、楓は目を見開いた。

「ここも」

囁いた光則が下肢に顔を近づけてきたので、楓は驚いて上体を起こしかける。だが、すぐにそこを舐め始められ、あたかも打ち上げられた魚の如き風情で震えるほかなかった。

「あ、っ……ふ…なに……」

信じられない。よりによって、光則に性器を頬張られているのだ。

「きたない、それ……」

漸《よう》う声を振り絞ったのに、光則はまるで意に介さぬ様子だった。

「汚いものか。あなたの身はすべて、月の光もかくやという美しさなのに」

顔を上げた光則は熱っぽく告げ、再び、楓のそこに唇を押しつける。

「ん…っ……」

褥に横たえられた楓は震えながらそこに爪を立てたが、それでは耐えられない感覚が波のように襲う。

下腹部から、じわじわと痺《しび》れるようだ。

立てた膝のあいだからは汗が滲み出し、滴り落ち、その感触をやけになまなましく感じた。

おまけに光則は、花茎《かけい》を舐《ねぶ》りながら、楓の後ろの小さな孔《あな》に自身の指を押し込んできたのだ。

「はあ……ぁ、っ……あー……っ」

甘い衝動に耐えかね、とうとう、光則の口の中に熱い迸《ほとばし》りを放ってしまう。

暫く放心していた楓だったが、指を抜き、躰を起こした光則が口許を拭いながら「甘露であった」などというものだから、これ以上ないほどに赤くなる。

「な、ならば、私もする」

「何だと？」

「甘露なのだろう……私にも味わわせよ」

楓はそう言うと、半ば強引に光則をその場に座らせ、自分もまた彼のものを見つめる。

「……うっ」

幸い猛々《たけだけ》しさはまだなかったが、それでも、楓の子供っぽいものとは比べものにならない。

「無理なさらなくていい」

「無理ではない」

楓はそう言い切ると、勇気を出してそれを口に含んだ。

「っ」

途端に、光則の口から小さな悲鳴が漏れる。

「ん？」

「歯を立ててはなりません。もう少し優しくしていただけませぬか」

わざとらしく丁寧に言われ、楓ははっとした。

「あ……すまぬ」

反省と共に今度はそっと顔を近づけると、男のものをおそるおそる舐めてみた。

再び口に含もうと思って一旦咥えてみたのだが、楓の口は小さすぎて半分も入らない。

「ん、む……んん……」

「楓様？」

「…は……」

楓は慌てて顔を離し、そして涙目で光則を睨んだ。

「大きゅうて、まるで息ができぬ」

「それは……斯様なときは鼻で息をするのです」

「ああ……そうか……」

もう一度そこに顔を埋め、陰茎に手を添えて不器用に舌を動かしてみる。

「ん、ん…ん……」

どうすれば光則を悦《よろこ》ばせられるかがわからずに、楓はだんだん泣きたくなってきた。

自分は不器用で、世間知らずで、何もできない。

ただ、光則を愛おしいという気持ちしか持ち合わせていないのだ。

「……楓様」

掠れた声で光則が呟き、楓の頭に手を乗せる。中断を促すためと思しき動作に、楓ははっとした。

「下手…すぎるな……私は」

「そうではないのです」

困惑したように言いながら、光則は首を振る。

「では、なぜ止める？」

「気づかぬのですか？」

楓は目を丸くする。

「え？」

「もう、限界なのです。あなたの中に入りたいと、ここまで大きくなってしまった」

「あ……っ」

言われてみれば、手に余るほどにそれはむくむくと成長を遂げている。やけに大きいと思っていたが、それは、光則の欲望を映していたのだ。

「あなたが欲しい。あなたと繋がりたい」

「……うん」

楓が頷くと、再び光則に横たえられる。

「挿《い》れますよ」

「うん……早く、挿れて」

それがどういう行為なのか、もう知っている。

あのときは痛くて、苦しくてたまらなかったのに、今はその刹那を心待ちにしている。

とにかく光則が満足するのなら、どうなってもいい。その一心だった。

「……まったく」

なぜだか小さくぼやいた彼は楓の躰をそこに組み敷き、深々と突き入れてきた。

「アッ」

太くて、固いものが……探るように、楓の中へ中へと入り込んでくる。

「痛いですか？」

「……ううん」

前はもっと痛かったのに、今はそれほどでもない気がする。

先ほど、舐りながら光則が解《ほぐ》してくれたのがよかったのかもしれない。

それどころか、今は光則が少し入り込むたびに躰がかっかと火照ってくるようで。

熱い。

「どう、ですか？」

「熱い……炙《あぶ》られてる、みたい……」

「苦しくはないですか」

尋ねる光則の声も、なぜか掠れている。

「ううん……何だか、すごく……」

「ん？」

「気持ちいい…ようだ……」

楓が素直に本心を吐露すると光則が小さく呻き、いきなり、楓の腰を両手で摑んだ。

「ひゃっ」

続いてずぶっと深いところまで一息に穿《うが》たれ、楓は悲鳴を上げる。

「いけない、楓様……それは、止まらなくなる……」

わからない、でも、どうして？

「あ、アッ、あ、は、な、ど、して…」

乱暴に揺さぶられているだけなのに、繋がったところから熱がじわじわと生まれてくる。

込み上げる熱が、たまらなく——心地よい。

そう、何とも言えず快《よ》く、言葉が出てこなくなる。躰がふわふわして、思考がどろどろに蕩《とろ》け、声は自分のものではないように甘く弾む一方だ。

手も足も自分の思いどおりに動かず、楓は翻弄されるままに短く声を上げ続けた。

「楓……楓……」

いつの間にか、呼び捨てになって切実に自らを呼ぶ光則に愛おしさを覚え、楓は彼の腕に触れる。

それを悟った光則が、上体を倒してきた。

「うん…」

よかった。これでいい。

咄嗟に楓は光則の逞しい背中に腕を回す。


「あ」

手に触れた違和感の正体に気づき、楓は思わず声を上げていた。

「何か？」

「この傷、あのときの……」

「そうだ」

触れた疵痕《きずあと》は少し盛り上がり、まだなまなましい。

「すまぬ、私のせいだ」

「あなたを守るための傷だ。私にとっては誉れにほかならない」

楓はその傷を指でなぞってから、更に力を込めて彼にしがみついた。

「もう、しない」

「ああ……私のそばにいてくれ」

囁いた光則が改めて突き上げてきたため、楓はあっという間に掻き乱された。

「あ、は……ああ、あっあん……」

まるで嵐だ。楓の腰を摑み、肉の抗いもものともせずに、光則は狭い園の中を奔放に穿《うが》つ。

全身に汗が滲み、必死で縋りついていないと振り落とされてしまいそうだ。

この男の身の裡《うち》に、ここまで苛烈で野獣めいた情熱が潜んでいたとは。

「たまらぬ……これは」

光則が呻き、やがて、感極まったように口を塞いできた。それもあって結合が深くなったようだが、痛みよりも愉楽が勝る。

「ん…ん…ッ…」

その熱いくちづけを受けながら、楓は自分が急に上り詰めていくのを感じた。

◇　◇　◇

楓が目を覚ますと、傍らに光則の姿はない。

慌てて躰を起こすと、光則は御簾を上げて外を眺めていた。

「光則……」

「楓様」

「後朝《きぬぎぬ》は、渋々起きるものではないのか」

「そうなのだが」

光則は苦笑する。

後朝の朝、去り難い男を女が起こして帰るよう促す。男はそこで別れを嘆いて睦言《むつごと》を交わし、格子を上げ、女を妻戸《つまど》に誘う。

そして、妻戸で見送る女の視線を受けながら、余韻に浸るものなのだ。

——と、生駒には聞いている。

「今朝はまだあなたのそばにいられるものだから、つい名残を楽しんでいた」

言葉遣いが平時のものになっており、そのことに楓はほっとする。

彼がその心に築いていた塀を取り払ってくれたような、そんな気がして。

「よいのか？」

「うむ、昨日は儀式だったゆえ、今日は参内する用事もないのだ」

光則は頷く。

「…………」

それでは、今日は一日光則と共にいられるのだ。

そう考えた楓は自分の発想に照れてしまい、そっと俯いた。

「嬉しいのですか？」

「え？」

「あなたの目がそう言っている。私のそばにいられて、嬉しいと」

「そ、それでは私がそなたに惚れているようではないか」

「違うのですか？」

「……違わぬ……」

真っ赤になった楓が視線を落とすと、光則はさも愛おしげに躰にくちづけてくる。

自分の白い膚のそこかしこに光則のくちづけの痕があり、それが彼に描《えが》かれた文様のように思えた。

「ところで、楓様。その鞠は大事なものだったのでは」

部屋の片隅に転がされた鞠を見やり、光則が指摘する。

「あ……そうだが、あれが私を守ってくれたのだ」

鞠を取り上げ、楓は手短に説明しながらそれを愛おしげに撫でる。

これがいつも、自分を守ってくれた。

挫《くじ》けそうになる心を支えてくれた。

「では、鞠もまた贈り主の気持ちを知っていたのだな」

「え？」

何を言い出すのかと、楓は首を傾げる。

「そもそも、あの鞠を男の童であるあなたに差し上げたのは、私なのだ」

「……………」

楓は目を見開く。

まさか、そんなことが。

「だって……」

あの頃は、ごくたまに男装をしていて、そのとき不意の来客があったのだ。

「鞠を寄越した公達《きんだち》が、蹴鞠の真似をしたのは覚えていないか？」

「……そうか……」

そうだったのか。

大事なものを、光則は最初から楓に手渡してくれていたのか。

自分が自分であるための証を。

「もしかしたら、ほかにもどこかで会っているのかもしれぬな。それよりも、昨日の私の言葉を覚えているか？」

照れている楓の様子に気づいたらしく、光則が尋ねてくる。

「え？」

「ずっと、そばにいてほしいと」

力強い発言に、楓は困って目を伏せる。

本当に自分でもいいのだろうか？

「私で、よいのか」

「あなたでなくてはいけない。私はあなた自身に、あなた自身の輝きに心惹かれたのだ」

「……そうか……」

楓は頷き、そして、表情を引き締める。

「ならば私は、妻としてそなたのそばにいよう」

「どういうことだ？」

「私がそなたと兄を繋げるのであれば、その役割を果たす。そなたが己の信じる政を進められるよう、支え続ける」

楓の言葉を耳にし、光則は目を瞠る。

それは、楓自身が真実を明かすつもりは毛頭ないことを伝えるものだった。

自分の存在が、帝と光則のあいだを円滑に保つ助けができるのであれば。

そして民が安寧を得られるような政をできれば、それに勝る喜びはないのだ。

「私はここにいる。そなたの望む限りは」

「だが、それでは当面、あなたは男に戻れなくなる！　十六夜になってまで、叶えたかったことがあるはずだ」

狼狽したように告げる光則の態度に、楓は自分自身が満足するのを覚えた。

光則の中には、冷静さのみならず優しさや思いやりが息づいている。

そんな彼ならばきっと、この太平の世を人々が生きやすいものであるよう努めてくれるはずだ。

十六夜の思いを継いでくれるだろう。

「私を誰だと思っている？　たとえどこにいても、できることがある。叶えられる願いがある。心が自由であれば、苦しみはない。そなたと出会って、私にもそれがわかったのだ」

たとえ表に出られずとも、それでもいいではないか。

楓にだって、できることがある。すべきことがある。

「そなたが道を違《たが》えぬよう見守り、時に手助けをすることが、伴侶の務めであろう？」

「――ええ」

光則は楓のほっそりとした肩に触れ、「永久《とこしえ》に我が妻でいてくれるか」と優しく問う。

「そなたがよき臣であろうとする限りは。そうでなければ、私はいつでもここを出ていく」

胸を張る楓を見下ろし、光則はふっと微笑む。

「あなたに愛想を尽かされぬよう、精いっぱい頑張《がんば》らなくては。あなた以外の伴侶など、私には最早考えられぬ」

「あたりまえだ。私のほかに、そなたに相応しい者はいまい」

「それでこそ、我が内親王《ひめみこ》だ」

ため息をつくように告げた光則は、改めて楓を引き寄せ、力強く抱き締めてきたのだった。

内親王の惑い

しとしとと一日降り続く雨の日は三条《さんじょう》の屋敷も薄暗く、暗い庭を眺めながら楓《かえで》は欠伸《あくび》をする。雨滴《あましだり》があたりを濡《ぬ》らし、まるで踊るように地面で跳ねた。

「退屈だな……」

小さく呟《つぶや》いたのを、背後で衣を片づけていた侍女の生駒《いこま》に聞かれてしまったようで、彼女が近づいてきた。

「あらあら、光則《みつのり》様に頼まれたお仕事はどうなさったのです？　確か調べ物があったとか」

「あれくらい、とうにできている」

夫である藤原光則《ふじわらのみつのり》に依頼された調べ物は、張り切りすぎたせいで、驚くほど呆気《あっけ》なく終わった。

ちなみにこれまでは文《ふみ》は女文字で書いていたが、近頃は男文字も覚え、それを自在に使えるまでになっていた。

「随分頑張《がんば》っておられましたものね」

くすりと生駒が笑ったので、楓はつい頬《ほお》を染める。

「家人に取りにこさせたのはいいが、それきり音沙汰がないのは解《げ》せぬ」

「お役目でお忙しいのでしょう」

「承知のうえだ」

楓は短く吐き出した。

「たまには、私も外に出たい」

楓は公的には相変わらず女のままなので、外出するには光則の従者か親戚の体《てい》でなくてはいけない。それが少し淋《さび》しくはあるのだが、楓が選んだ道だ。

それに、光則の行動が楓の意に沿わぬと感じたときは、いつでも出ていく覚悟ができていた。彼の弟である狭霧《さぎり》の前例を聞いた以上、己の死を偽装できるのだと知ったからだ。

だが、今は光則が好きだからこそ、彼のそばにいたい。離ればなれでは生きていけないと信じているのだ。

ゆえに、楓はそれなりに行動を慎《つつし》み、我慢を重ねていた。

「それは光則様のお心次第、つまり楓様にかかっておられるのですよ」

「何か方法があるのか？」

「そこは、妻としてのお務めを果たせばよいのではありませんか？」

生駒は楽しげに目を煌《きら》めかせる。

いつの世も、女人は恋歌や殿御《とのご》の話が好きなのだろう。

「妻の務めとは？」

楓がそう尋ねると、部屋を片づけていた生駒はその手を止めた。

「それは勿論《もちろん》、殿御を癒《いや》すことでしょう」

「癒す……？」

意味がよくわからず、楓はきょとんとする。

「ええ。光則様がお帰りになったときに、一日の疲れが癒えればそれでいいのです。何も難しくはありません」

「私はちゃんと光則を癒している」

「どのようにですか？」

近頃の楓は光則が遊びにくると、二人で漢詩を作り合っている。

「互いに漢詩を披露し合っている」

それほど充実した時間があろうかと、楓は胸を張った。

「そういうことではありません」

深々と生駒がため息をついた。

「なるほど、歌がよいのか」

「いえ、そういう意味でもなく……光則様とて、家に帰ってまで頭を使うのは疲れませんか？」

「私は楽しい」

「楓様は一日中家におられますから。楓様は頭の回転がお速いので、癒すというよりも丁々発止《ちょうちょうはっし》のやり取りになってしまわれるでしょう」

「……そうか……」

「あまりに賢《さか》しい伴侶は、かえって避けられるものですよ」

楓にとっては面白くとも、光則にはつまらない真似《まね》なのかもしれない。

だとしたら、もっと別の方法を考えるべきだろう。思考を巡らせるのは、退屈をやり過ごす手段にもなりそうで、楓は目を輝かせた。


光則が三条を訪れたのは、その翌日だった。楓としてはぬかりなく、極上の酒を買いにやって準備をしておいた。

精いっぱいのもてなしに心尽くしの酒肴《しゅこう》を用意させ、楓は酌のために光則に寄り添った。

「素晴らしい歓迎ぶりだな」

「はい」


こくりと頷《うなず》き、楓は無言のままで提子《ひさげ》を示した。

「注いでくれるのか」

「はい」

提子から酒を注いでやると、光則は喉を潤す。

髢《かもじ》は重いので伸び始めた髪を垂髪《すいはつ》にしていたが、光則は特に何も言わなかった。

「うむ、よい味だ。あなたもどうだ？」

「いい」

首を横に振る楓を見つめながら、光則は内裏《だいり》で起きたことなどを語る。

「それから、そなたに歌合《うたあわせ》のために歌を詠《よ》んでほしいのだ。勿論、そなたの名前で出すが、歌合においては私が代理で詠む」

「そうか」

楓はきちんと相槌《あいづち》は打っていたものの、光則はそのうちに不思議そうに言葉を止めた。

「――楓。もしや、何かあったのか？」

杯を干し、光則は問う。

「べつに」

「べつにという様子ではなかろう。よもや、また何か企《たくら》んでいるのではあるまいな？」

「まさか！」

そこだけ強い声で否定してしまってから、楓は羞《は》じらいに頬を染めた。

「では、詳《つまび》らかに申すがよい。あなたの美徳は、誰よりも正直な点だ。なのに、徳が失われたとはおっしゃるまい？」

沈黙を選ぼうと思ったが、光則の眼力の前にごまかしが通用するとは到底思えなかった。

「――妻の役割は夫を癒すことだと言われたのだ」

「私を癒す？　病のつもりはないが」

「そうではなく、心が安まるようにとのことだ。だが、私は……その、あまり口が上手《うま》くないから……」

「なるほど。生駒殿の入れ知恵か」

納得したように頷き、光則は優しく続ける。

「しかし、それは少し間違っている。あなたは率直なだけだ」

「いいのか？　悪いのか？」

焦《じ》れた楓は光則に詰め寄りたくなったが、それでは更に疲れさせてしまうとぐっと我慢した。

よい妻であるのは、こちらのほうが疲れてしまう。

「いいに決まっていよう。誰もが本心を押し隠す宮中にいると、息が詰まる。こうしてあなたと本音で語らえるのがどれほど嬉《うれ》しいことか」

「そうなのか」

楓はほっと胸を撫《な》で下ろす。

「私は妻だ。だからこそ、そなたの役に立ちたいのだ」

「役立つ必要はない。あなたはそこにいるだけで、私を癒してくれる」

「それなら、いい」

しかし、それでは言葉遊びのようなもので、何となく腑《ふ》に落ちない。

「信じぬと言うのなら、証《あかし》を見せようか」

「えっ？」

あ、と短く声を上げた楓は、そのまま床に組み敷かれていた。

「光則……待て」

紙燭《しそく》の細い灯《あか》りの中、光則の表情はよく見えない。

それが少しだけ、楓には恐ろしかった。加えて彼の行為を受け容《い》れられない理由もある。

「何が？」

「今日は……嫌だ」

「嫌？　具合が悪いのか？」

楓の躰《からだ》を案じるように、光則は押し留《とど》まった。

「そう……ではなくて……先ほどの歌合とやらはすぐなのだろう？　疲れていると、歌を詠むのが……」

「――ふむ」

短く返事をしたきり、光則が静かになってしまう。

不安に思った楓は、阿《おもね》るように彼の顔を見やった。

「すまぬ、怒ったか？」

「そうではない。大切な伴侶に負担をかけていた己の愚かさを呪《のろ》っていただけだ」

光則の口ぶりは、あくまで優しい。

「大袈裟《おおげさ》だ」

「大袈裟ではない。だが……それならば、少し趣向を変えてみよう」

「変えるとは、何を？」

光則が何を言わんとしているのかが、楓にはまったく理解できなかった。

「説明するより実践しようか」

どこか楽しげに述べた光則は手早く服を脱ぐと背後から楓に覆い被《かぶ》さり、露《あらわ》になったうなじにくちづけてきた。

「ッ」

「あなたは本当に感じやすい……まるでしなやかな若木だ」

「ん、ん……」

じわじわと甘いものが込み上げてきて、下腹のあたりがぬくみを帯びている。

このまま流されてはいけないとわかっているのに、衣を掻《か》き分けて入り込んできた光則の手が、楓のそれを包み込む。

「…はあ……あ、あっ」

たかがその程度なのに、楓は呆気なく乱れていく。

「自分ですることは？」

「………」

ある、と言ってもいいのだろうか。

光則が来ない夜は無性に淋しくて、自分のここを弄《いじ》ってしまうときもある。

房事は何も知らなかった楓だが、そうして精を吐き出すことが心地よいと、ほかならぬ光則によって教えられたのだ。

「あるのか。愛らしいな」

楓の躊躇《ためら》いを的確に読み取り、光則は少し嬉しげな調子だ。

「いけなく、ない？」

「私を思っての独り遊びであらば、それほど喜ばしいことはない」

密《ひそ》やかな声で告げながら光則は器用に楓の袿《うちき》やら何やらを剝《は》ぎ取り、あっさりと全裸にしてしまう。

それから、改めて楓を背後から抱き込んで、孕《はら》んだ蜜を広げるように性器を弄ってきた。

「ん、ん……んう……」

あっという間に思考が乱れ、下腹部に痺《しび》れが溜まっていく。

「こうして撫でていると、すぐ爆《は》ぜそうになるのだな」

「……だめ？」

「そうではない」

どこか優しいものが、光則の声に籠もる。

「そこが愛《いと》おしくてたまらぬのだ」

「……そんな……」

羞じらいから短い声を切れ切れに漏《も》らし、昇り詰めた楓は光則の手に白濁を吐き出していた。

「愛らしい人だ」

睦言《むつごと》を混ぜながら光則は楓の腰を持ち上げ、そこに指を宛《あて》がう。

「……ふ」

慣らすためとはいえ、力を抜いておかないとつらい思いをすると学んで、楓は脱力を心がけた。

夫を求めて腰だけを高々と掲げる格好になり、恥ずかしさから頬が熱くなる。

「指がとても入りやすい。こちらも弄ったのか？」

指を潜り込ませながら、光則が少しおかしげに問う。

「そこは、せぬ……」

「なにゆえに？」

「そなたの、ためだけの……ところ、だから……」

楓の返答を耳にした光則は、乱暴に指を引き抜く。

「挿《い》れるぞ」

「えっ」

いつものように顔を見ながらするのかと思ったので楓は狼狽《ろうばい》したが、なぜか、光則はあまり余裕がないようだった。

背後から、いきり立った塊《かたまり》が押し当てられて、楓は頬を染めた。

もう、こんなに昂《たかぶ》っているなんて。

熱い。

触れたことなどないが、灼熱《しゃくねつ》とはこういう温度を表すのではないか。

「あ、あ……んー……」

その熱源が浅瀬に入り込み、楓に新たなぬくもりを与えていく。内側をもどかしくじりじりと擦《こす》られるたび、楓は鼻にかかった声を漏らした。

「この格好でも、わかるか？」

「な、にが……？」

「何をされているのか」

「うん…はいって、る……あついの……」

固くて、熱くて、楓を腹の底から溶かしてしまうものが。

「嫌ではないか？」

「や……なに、あ、あっ」

尋ねながら、後ろから楔《くさび》を打ち込むように光則が入ってくる。

気持ちいいけど、怖い……。

下腹が熱を帯び、花茎《かけい》は熟れたように濡れ、痺れていく。

「前よりもよくなってきたようだ」

「……そう、なのか……？」

「ええ」

かつて初夜に覚えた痛みは、二度と与えられない。それどころか、ここを可愛《かわい》がられているのは、何よりも心地よいとさえ思えてしまう。

「そなたは？」

「快《い》いに決まっていよう。愛しい人を抱いて何も感じぬなどあろうわけがない」

そうなんだ。

だとしたら、とても嬉しい……。

ほっとする。

いつもと違う体勢だったが、それならばかまわない。

「んっ…ん、ん……」

背後から揺すぶられて、楓は短い声を上げる。

よくて、よくて、たまらない。

これは直《じか》に臓腑《ぞうふ》を抉《えぐ》られるようで刺激が強く、長くは保《も》ちそうにない。

「みつのり……もう……」

「何だ？」

荒く息を零《こぼ》しながら、光則が問う。

「種を……」

さすがに羞恥が込み上げ、声が掠《かす》れてしまったが、言わなければいけない気がして楓は必死になって音を紡ぐ。

「ん？」

「種……そなたの欲しい……」

喘《あえ》ぐように訴える楓の声を聞き、光則が呻《うめ》くのがわかった。楓はどうしたのか尋ねる余裕もないうえ、彼は彼で言葉もなく無心に腰を動かし続ける。

常にないあまりの乱暴さと一途《いちず》さに、楓も一層掻き乱されてしまう。

「あ、は……あ、ん、まってもう……」

絶え入るような声を上げて果てる楓の腹の中に、熱いものが注がれる。


荒く息をついた後、楓は目の端に引っかかった涙を拭ってから振り向いた。

「今日は、多い……嬉しい…」

腹を撫でながら楓が呟くと、繋《つな》がったままの光則が、体内で再度膨れあがった気がした。

「また出すぞ」

「え？」

またとはいったい、どういうことか。

問い質《ただ》すまでもなく、光則が再び律動を始めたせいで楓は呆気なく乱された。

「ひ、ん、んッ」

腰を摑《つか》む光則の手にも力が籠もっているようなのに、その痛みすら心地よいのだ。

「怖いか？」

「ううん……」

こうして触れ合い、熱が生まれるだけで幸せだと実感できてしまう。

「ならば、もう少しさせよ」

「え、え、えっ……あ、あ、だめ、だめ……」

腹の中で光則の体液が掻き混ぜられ、自分の中に染み込み、どこもかしこも彼のものになってしまう気がする。

我ながら甘ったるい声を上げながら、楓はひたすら溺《おぼ》れ続けた。


「具合はどうだ？」

「…………」

釈然としないものがあり、楓はしゅんと肩を落とした。

「どうしたのだ？」

「私はやはり、よい妻ではないのだろう」

「は？」

「あの格好、顔を見たくはないということではないか。男の伴侶など……」

それを耳にした光則は微《かす》かに頬を赤らめ、そして何度か咳《せき》払いをした。

「それはだな……」

「何だ？」

「最初に話したとおり、そなたの躰を慮《おもんぱか》ったのだ。きついと申していたではないか」

「少しくらい、つらくてもよい。そなたがしたいのであれば」

「それは嬉しいが、明日はあなたと猿楽《さるがく》に行こうと思っていたのだ」

「猿楽？」

猿楽とは神に奉納する伎芸《ぎげい》で、滑稽な動作や曲芸が行われるらしい。らしい、と推定になってしまうのは、楓が目にした経験がないせいだった。

「うむ。ゆえに、起き上がれないほどに酷《ひど》くしてはならぬと己を律している」

楓は頬を染めてから、改めて光則の首に腕を回した。

「平気だ」

「何が」

光則の低い声が、頬のあたりに触れてくすぐったい。

「猿楽も見るし、そなたとも……こうしていたい」

「楓」

「こうしていると、そなたのぬくみを感じてたまらなく心地よい」

甘く訴えた楓の声を聞いて、光則は小さく笑う。

黒髪を柔らかく梳《す》かれて、楓は目を閉じる。

「あなたには敵《かな》わぬ」

飽きるほどに髪を撫でてから、光則は唇を優しく塞いできた。

「ならば、仰せのままに」

「ん」


愛する伴侶に何度も何度もくちづけられて、楓はその幸福に身を委ねるのだった。

あとがき

このたびは、『内親王《ひめみこ》の降嫁《こうか》』をお手に取ってくださってありがとうございます。

中にはタイトルで気づいてくださった方もいらっしゃるかもしれませんが、こちらは以前、『婚礼奇譚集《こんれいきたんしゅう》』というシリーズ名で大洋図書から出していただいた『姫君《ひめぎみ》の輿入《こしい》れ』『貴公子《きこうし》の求婚《きゅうこん》』のスピンオフとなります。前作を未読でも問題ないように努力したので、この作品のみで楽しんでいただけると思います。もし前作に興味がおありでしたら、電子書籍でお探しいただけますと幸いです。

もともと本作は十年以上前にほぼ書き上げてあったもので、諸事情から長くお蔵入りになっておりました。ですが、そろそろ出さなくてはいけないと思い、編集部に打診したところ快諾いただき、無事に発刊まで漕ぎ着けました。もう無理かと諦めかけていたので、本当に嬉《うれ》しいです。ただ、時間が経ちすぎており、どの資料を読んで書いたかわからないところがあったりして、改稿はかなり苦労しました。

内容としては、一作目の主人公であった狭霧《さぎり》の兄・光則《みつのり》が主役になっております。

さすがに設定にあちこちで無理があるうえ、使う言葉一つを取っても近世の単語をどうするかなどと迷ったのですが、一作目からコンセプトは『平安風』であとがきにもそう書いていたことを思い出し、とにかく自由に書かせていただきました。

今作での自分の萌えポイントはなんといっても楓《かえで》の角髪《みづら》です！　存分に角髪を書かせていただけて、心ゆくまで堪能《たんのう》しました。そして牛若丸《うしわかまる》のイメージも織り交ぜつつ、自分の萌えをぎゅうぎゅうと詰め込みました。

同じ女装姫君ものですが、『姫君の輿入れ』とは違った色合いになったと思っています。

最後に、お世話になりました皆様にお礼を。

本作を出すにあたって、快く挿絵を引き受けてくださった葛西《かさい》リカコ様。イラストの麗《うるわ》しさにはため息が出るばかりで、少しずつ進捗を見せていただくたびに、内容を見合ったものにしなくてはと身が引き締まる思いでした。緻密で繊細で艶っぽいイラストを描いてくださって、ありがとうございました。

本作ではレーベルが違うこともあって新たにイラストを葛西様にお願いしましたが、前作までの世界観を作ってくださったイラストレーターの佐々成美《さっさなるみ》様にも多大な感謝を捧《ささ》げます。

期せずしてお二方の平安イラストを拝見でき、贅沢なシリーズとなりました。

この本の発行に尽力してくださったリンクス編集部とルチル編集部、そして大洋図書のSHY NOVELS編集部の皆様にも厚く御礼申し上げます。

最後に、この本をお手に取ってくださった読者の皆様。中にはずっと待っていてくださった方がいらっしゃると知り、胸が熱くなる思いです。初めての方もそうでない方も、少しでも楽しんでいただけたのであれば、それに勝《まさ》る喜びはありません。

またどこかでお目にかかれますように。

和泉《いずみ》　桂《かつら》

主要参考文献
『古今和歌集』佐伯梅友校注（岩波書店）
『ビギナーズ・クラシックス　日本の古典　紫式部日記』紫式部　山本淳子編（角川学芸出版）

この本を読んでの
ご意見・ご感想を
お寄せ下さい。

〒151-0051
東京都渋谷区千駄ヶ谷4-9-7
(株)幻冬舎コミックス　リンクス編集部
「和泉《いずみ》 桂《かつら》先生」係／「葛西《かさい》リカコ先生」係

リンクス ロマンス

内親王《ひめみこ》の降嫁《こうか》

2019年10月31日　第1刷発行

著者……………和泉《いずみ》 桂《かつら》
発行人…………石原正康
発行元…………株式会社　幻冬舎コミックス
〒151-0051　東京都渋谷区千駄ヶ谷4-9-7
TEL 03-5411-6431（編集）
発売元…………株式会社　幻冬舎
〒151-0051　東京都渋谷区千駄ヶ谷4-9-7
TEL 03-5411-6222（営業）
振替00120-8-767643
印刷・製本所…株式会社　光邦
検印廃止

ISBN978-4-344-84553-4 C0293
Printed in Japan

幻冬舎コミックスホームページ　http://www.gentosha-comics.net

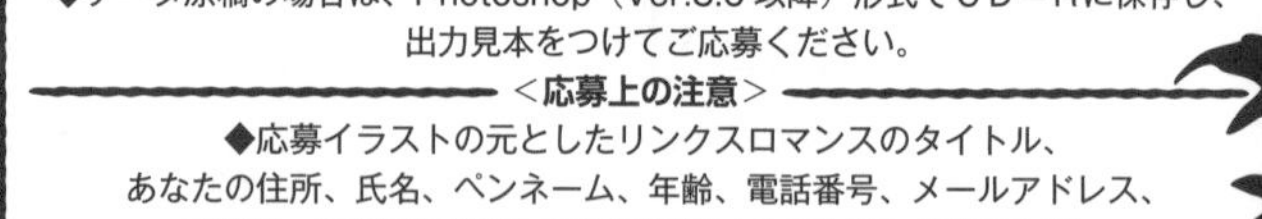

LYNX ROMANCE

小説原稿募集

リンクスロマンスではオリジナル作品の原稿を随時募集いたします。

募集作品

リンクスロマンスの読者を対象にした商業誌未発表のオリジナル作品。
（商業誌未発表のオリジナル作品であれば、同人誌・サイト発表作も受付可）

募集要項

＜応募資格＞

年齢・性別・プロ・アマ問いません。

＜原稿枚数＞

４５文字×１７行（１枚）の縦書き原稿、２００枚以上２４０枚以内。
※印刷形式は自由。ただしＡ４用紙を使用のこと。
※手書き、感熱紙不可。
※原稿には必ずノンブル（通し番号）を入れてください。

＜応募上の注意＞

◆原稿の１枚目には、作品のタイトル、ペンネーム、住所、氏名、年齢、電話番号、メールアドレス、投稿（掲載）歴を添付してください。
◆２枚目には、作品のあらすじ（４００字～８００字程度）を添付してください。
◆未完の作品（続きものなど）、他誌との二重投稿作品は受付不可です。
◆原稿は返却いたしませんので、必要な方はコピー等の控えをお取りください。
◆１作品につき、ひとつの封筒でご応募ください。

＜採用のお知らせ＞

◆採用の場合のみ、原稿到着後６カ月以内に編集部よりご連絡いたします。
◆優れた作品は、リンクスロマンスより発行させていただきます。
原稿料は、当社既定の印税でのお支払いになります。
◆選考に関するお電話やメールでのお問い合わせはご遠慮ください。

宛先

〒151-0051
東京都渋谷区千駄ヶ谷４−９−７
株式会社　幻冬舎コミックス
「リンクスロマンス　小説原稿募集」係